ランバート公爵家の侍女はご領主様の補佐役です

没落令嬢は仕事の合間に求愛されています

佐槻奏多

KANATA SATSUKI

一迅社文庫アイリス

CONTENTS

[セドリック]
行方知らずになっていた
ランバート公爵家の唯一の公子。
公子と発覚するまでは騎士とし
て活動し、領地の見回り中に遭
遇したリィラに「騎士の誓い」
を捧げた青年。
[リィラ]
亡き両親の借金で没落した元子爵令嬢。
父子爵の代理で領地を運営していたが、
身一つで追い出されたため、開拓村に入植。
現在なぜか、領主の補佐をする侍女に
抜擢されてしまった。

CHARACTERS

[ブライル] 魔獣の血が混じっているオオカミで、開拓村周辺のオオカミの頂点に君臨している。リィラに懐いていて、リィラの指示には従う。

[デイル] セドリックの補佐官。
元執事だったため、領地運営には明るくない。

[アーロン] ランバート公爵家の分家の青年。
バレンヌ男爵家の当主で農業の知識に明るい。

[バーサ] リィラの家に勤めていたメイドの姉。
面倒見のいい女性。

[グレアム] バーサの夫で大工の男性。
リィラのことを気にかけている。

用語

騎士の誓い ここ数年騎士や貴族の間で流行している、特定の女性を、自分が敬う姫として仕える誓いのこと。

魔獣 魔導士によって魔力を変質させられた動物。大きな魔力を持つ個体もおり、凶悪な存在。毛の色が黒紫にそまっているとされている。

魔導士 魔法研究を生業にしている人たち。
紛争や戦争などの兵力として魔獣を作り出すことがある。

イラストレーション◆鳥飼やすゆき

ランバート公爵家の侍女はご領主様の補佐役です　没落令嬢は仕事の合間に求愛されています

Lady's maid of the Lambert dukes work is assistant.

序章　没落令嬢は開拓を志した

「捨てられた村って、こうなるのね……」

リィラはぽつりとつぶやく。

目の前にあるのは、天井に穴が開いた木造の家。

辺りには、同じように屋根や壁が一部壊れた家が点在していた。

家々を囲む木の柵の外は、白樺の林が広がっている。その向こうに見える山には、人家どころか、山道すら見えない。

リィラは、そんな辺境地にある捨てられた村に入植するため、やってきていた。

入植者のほとんどは、自分の畑を持ちたい人や、新しい棲み処を探しに来た人たちだ。でもリィラだけは少し毛色が違う。

リィラは亡き両親の借金で没落した、元子爵家の娘だ。けれど、みんながリィラのことを平民だと信じてくれているのは、質素な衣服を着ているからだろう。

ゆるく波打つ桜色の髪を三角巾で覆い、生成りの上着と赤茶色のスカートを着ていたから。

それに没落する貴族は珍しくないものの、いち村人にまでなることはまずない。

たいていの元貴族令嬢は家庭教師になったり、家名を欲しがった裕福な商家に嫁ぐものだ。

リィラはそんな伝手もなかったので、身一つで生きていく術を探した。

その結果、めぐりめぐって開拓村に入植することになったのだけど……。

「まさか全部の家が、穴が開いていたり、壁や屋根が壊れてるとは思わなかったわ」

ここは魔獣の襲撃にあって、開拓途中で放棄された村だ。

なので雨風にさらされて壊れたり、魔獣が壊した部分もあるとは思っていたが……。

入植者と一緒にやってきた新しい領主たちは、こんな状態だと知らなかったらしい。

近くでは大工のグレアムが、今後のことを領主の補佐官と厳しい表情で話し合っていた。

でも全く結論が出ないいまま、リィラたちは各々の荷物を満載した馬車に乗ったまま、一時間ほど次の行動を待たされ続けている。

(早く家を整えないと、暗くなる時間までに寝泊まりできる状態にできないのにな)

みんな家財や仕事道具を満載した馬車で来ているのだ。それを家に搬入するだけでも時間がかかるのだ。

焦れたリィラは、少し考えてグレアムたちの方に近寄る。

グレアムの側には、彼の妻バーサがいた。

バーサは、グレアムたちの話を渋い顔で聞いている。五十代の貫禄が増してきているバーサが難しい表情で時折睨んでいるせいか、若い補佐官がびくびくしていた。

そんなバーサの側へ行くと、リィラにも補佐官たちの話の内容がはっきりと聞き取れる。

ほとんどの家が、壊れていること。

家は三十軒以上もあって、五十人の入植者が入居できる十分な数があることもわかった。

亜麻色の髪を首元で結んだ若い補佐官は、修理してから入居をさせたいらしい。

なので今日は野宿を……と言うが、グレアムは今入居させた方がいい、と説得している。

二人の話し合いを横目に、リィラはバーサに話を振った。

「バーサさーん、夕飯はどうします？」

バーサは子爵家でリィラと仲良くしてくれていたメイドの姉だ。リィラが天涯孤独になった時、メイドがバーサの家に置いてくれないかと頼んでくれて、今は一緒に暮らしている。

「早めに作りたいんだけどねぇ。住む場所のことが決まらないと。ご領主様は家に穴が開いているのが不安らしくて、なかなか許可を下さらないんだよ」

リィラは期待通りの返答に、にっこりと微笑んで、やや大きな声で言った。

「どうしてなんでしょうか？　穴が開いてる屋根は、蝋引きした布をかぶせておけば雨をしのげますし、壁も穴だけなら自力で直せますよ？」

すると、グレアムがこちらを振り返った。

「そうだよな。リィラなら天井に穴があるぐらいなら、一か月はしのげるだろう？」

「もちろんです、グレアムさん。春も半ばですから、寒の戻りがあっても暖炉さえ使えれば寒くありませんし、馬車で寝泊まりするよりも楽ですよ」

「ええと、そんなもんですか……？」

おろおろとする補佐官に、グレアムはうなずいた。

「そんなもんです。だから入居させましょう、補佐官様」

「しかし入居先の決め方は……」

だんだんまだるっこしくなり、リィラがつい口をはさむ。

「入植者を二つの集団に分けて、左右の端から家を見ていってもらってはどうでしょう？　各自で住めると思えた家に決めてもらい、希望が重なったら話し合ってもらえばいいんですよ。こじれそうな時だけ、補佐官様に手伝っていただければ大丈夫ではないでしょうか」

「そうだな。リィラの言う通りだ」

「そ、それでいいなら」

グレアムの押しにうなずいた補佐官は、ふっとリィラに声をかけようとした。

「せっかくですから、そのお嬢さんにもう少し参考意見を聞きたいのですが……」

「えっ」

意見を聞かれるのは嬉しい。

だけど答えようとした時、リィラはこちらに近づく人に気がついた。

――彼にだけは見つかりたくない。

「その、用事を思い出しました、失礼します！」

リィラはそう言うと、一目散に走って逃げた。

手近な馬車の陰に隠れ、ほっと息をつく。それからさっきまでいた場所をのぞき見た。

問題の人物は、補佐官とグレアムの話に加わっていた。

銀色の髪が太陽の光できらめく。

その下にあるのは、美しいと表現するしかない彫像のような顔立ちと、湖面のような青い瞳（ひとみ）。

そんな彼を引き立てるような裾長の上着は、瑠璃（るり）色の騎士服で、内側には白いシャツと、上着と共布のベストを身に着けているようだ。

左肩にだけかける形のペリースマントと革靴は黒で、彼の近くに控えている兵士たちとそこだけは色合いが同じだった。

彼の視線は、グレアムがさっと書いてみせた村の簡単な図に向けられている。

その様子からすると、リィラのことには気づいていないようだ。

なにせ一目でも見られてしまえば、すぐに彼にはわかってしまうはず。

――メルディエ子爵令嬢リィラだ、と。

一方の彼は、話をすぐに理解してうなずき、補佐官に指示した。

「デイル、大工の言う通りにしてくれ」

「承知いたしました、セドリック様」

デイルと呼ばれた補佐官が一礼した。

セドリック・レアン・ランバート。公爵家の唯一の公子。

そして村の再開拓をしにやってきた領主で――リィラに騎士の誓いをした人だ。

※※※

デイルに指示をした彼は、周囲を見回す。

ここにいたはずの人は大急ぎで逃げ去り、姿が見えなくなっていた。

「どうかしましたか？」

補佐官のデイルに尋ねられ、セドリックは答える。

「先ほど、もう一人ここにいたようだが……」

「大工のお嬢さんだそうですよ。賢そうな人でした」

デイルが珍しく人のことをほめたので、セドリックはちょっと目を見開いてしまう。

代々公爵家の執事をしている家に生まれたデイルは、その誇りゆえに他人を厳しく審査しがちだ。そんなデイルが認めるのだから、よほど『彼女』にハッとさせられたらしい。

（まぁ、俺でさえも驚かされるほど賢い人だったから）

内心で、セドリックは鼻が高くなる。

「……うちの娘に何か？」

いぶかしげに言う大工のグレアムに、セドリックはしまったと思う。

彼女を庇護(ひご)している人間に警戒されては困る。どうにかして彼女と話したいのに……。

どう対処するべきかと迷っていたら、思わぬ助け船がやってきた。

「もしかして、リィラのことを知っていらっしゃる？　やっぱりねぇ、元貴族ともなればそれなりに交流があるでしょうしねぇ」

大工の妻バーサだ。セドリックはほっとして彼女にうなずいた。

「その通りだ。以前彼女と交流があって……。両親に不幸があった後、行方(ゆくえ)がわからなくなって探していたんだ」

「えっ、あのお嬢さんが、セドリック様の知り合い？」

隣で話を聞いていたデイルが驚いている。たぶん、リィラのことを教えていなかったからだ。

だが、今はバーサとの話が大事なので放置する。バーサが自分の助け手になってくれるかもしれないのに、機会を逃したくなかった。

「やっぱりそうだったんですね。あの子も避けてはいるものの、公子様を気にしてもいたものですから……。どんな関係なのかしら？　と思っていました」

どうやらバーサは、リィラがセドリックを避けていると知っていたらしい。

ただ、リィラが自分を避ける理由もセドリックには想像がついた。

「もしかすると、現状を知られたくないのかもしれないな。貴族令嬢だった人が、今は平民として暮らしているところを、他(ほか)の貴族に見られるのは気まずいだろう」

セドリックの言葉に、バーサはうんうんと同意した。

「そうですよねぇ。本当に不憫(ふびん)な子で。親が借金をしたせいで、家も領地も取り上げられて放り出されるだなんて……」

バーサが頬(ほお)に手をあててため息をつく。セドリックはそんなバーサに話を振った。

「実は、彼女を公爵家で保護したいのだが……。彼女は信念が固い人だ。ただ守られるのをよしとしないかもしれない人だから、困っていたんだが」

「わかります。頑固な子ですから」

同意してくれたバーサに、セドリックはうなずく。

普通、権力者の知り合いがいたら『助けてほしい』と飛びつくだろうに、リィラはセドリックへ窮状を訴えなかったのだ。

おかげで痕跡(こんせき)が少なすぎて、彼女の行方がわからずにいた。

そんなリィラだから、何も気づかないふりをしたら、村娘としてこの開拓村で一生を終えるのだと思う。

それは困る。どうにかして、リィラに自分の側にいてほしい。そのために彼女を探していたのだから、この好機を逃したくはなかった。

「では、手を貸してもらえないだろうか。時間はかかると思うが、説得したい」

「そうしていただけると、私も安心ですよ」

バーサはセドリックの差し出した手を握った。

ここに、リィラが知らぬ間に同盟が結ばれたのだった。

住むと決めた家に荷物を運び入れながら、リィラはため息をつきそうになった。

「まさかこんな場所で会うなんて、思いもしなかったわ」

開拓村なら、絶対に知り合いがいないと思っていたのに。

それにしても、再会しづらい。なぜかというと、リィラの家が没落したからではない。

没落の仕方がもう、どうしようもなく情けないものだったからだ。

それは今から半年前のこと。

両親が事故で亡くなったのだが、同時にとんでもない額の借金が発覚した。

結果、お金を貸したというルアート男爵の言うがまま、リィラは領地も家も取り上げられたのだ。

そんな風に借金で没落し、一文無しで追い出されたなんて、とんでもない醜聞(しゅうぶん)だ。

とはいえ、リィラは自分の評判の悪さについて、昔から諦(あきら)めてはいた。

元々良い噂(うわさ)が立つ出自ではない。

リィラの母は元メイドだったから。

血統が良くないため、嫁にほしがる貴族がいるはずもないからと、生まれた直後から貴族令嬢扱いはされなかった。

でも幼かった頃、リィラは原因を知らなかった。

乳母は雇われることなく、代わりに育ててくれたのはメイドたちだが、それが異常だということもよく知らずにいたから。

メイドたちに悪い人はいなかった。むしろリィラを気遣ってくれていた。そのせいか、彼女たちは時々、やるせなさそうにつぶやいていた。

「本来なら、貴族のお姫様として育ったはずでしょうに……」と。

四歳になると、父母と自分の衣食住の全てに差があることが、リィラにもわかってきた。

さらに父母は子供を慈しむらしいと聞いたのに、両親は自分のことを一顧だにしない。

不思議に思って、リィラはどうしてなのかとメイドに尋ねた。

「……お母様の出自が良くないからですよ」

ここでリィラは、母親がメイドだったことを知った。それでも娘に違いない。なら、母だけでも自分を振り返ってくれないかと思っていたのだが……。

ある日、メイドたちに遊んでもらい、お姫様ごっこをしていた時のこと。

それを見た母親が面倒そうに注意しに来た。

「あんたなんかが貴族令嬢のつもりでいると、痛い目にあうわよ」

まだ四つの子供だったから、リィラはつい尋ねてしまう。

「でも、お母様は子爵夫人でしょう?」

母親は嫌そうな顔をした。

「……アタシを母親と呼ぶのはまぁ仕方ないわ。でも、親だと思って親し気にしないで。あんたと一緒にいると、子爵様がアタシのことを嫌うかもしれないのよ。貴族夫人の立場でいい生活ができるのは、子爵様がアタシを気に入っているからなのに」

「どうして……」

「子爵様は、あんたが貴族の母親から生まれた子供じゃないから、平民として扱ってるのよ。ただ、万が一の時にはあんたの名前で借金したいから、嫡子ってことにしただけだわ」

幼かったリィラには、とにかく拒絶されたことしかわからなかった。

数年後になってようやく、母が父子爵に捨てられるのが怖かったから、父に同調してリィラを嫌ったのだ、と理解した。

父の方はもっとひどかった。

リィラを嫡子にしたのは借金をさせるため、というのは本当だった。

一度、子供のうちに借金させられそうになって、リィラはそれを思い知った。

相手が「片親が平民の子供じゃなぁ」と断ったせいで、借金を背負わずに済んだのは幸いだったが、子爵は腹いせにメイドの仕事をするように命じたりもした。

そんなリィラ・メルディィエが、家までなくした。

もはや交流があるとわかっただけで、貴族なら目も合わせたくないだろう存在になってしまったのだ。

でもそんな自分と会えば、セドリックはリィラを助けようとするだろう。

リィラが、騎士の誓いをした姫だから。

「そもそもあの時、騎士の誓いを断っておけば良かったんだわ……」

悔やんでももう遅い。

そう思っても、つい彼と出会った時のことを思い出してしまう。


あれは二年前の出来事だった。

場所は、リィラの子爵家の領地。

リィラの父メルディィエ子爵は、ギャンブルにのめり込むあまり、領地の運営すら家令に放り投げて我関せずの状態だった。

なので、リィラは家令に頼まれ、領主代理として家を切り盛りしていた。さもなければ、すぐに破産して自分の生活費すらも残らなくなってしまうとわかったから。

それにしても、いくら書類仕事が面倒だったとはいえ、「息女なら代理をしても問題ありませんし、お嬢様にお手伝いいただければ決裁もこちらでしておきます」という家令の説得にうなずいてしまう父子爵は、筋金入りの放蕩者だろう。

家令のおかげで、リィラは高度な読み書き、算数の知識のうえに、法律に関しても知識を得た。

やがてリィラは領主代理の仕事の一環で、領地を視察するようになった。

そんな視察の時に、セドリックたちと出会ったのだ。

一方、当時のセドリックは出自がわからない普通の騎士だった。

後日、公爵家の子息だと発覚するまで、彼は騎士団の一員として仲間と一緒にあちこちの領地を見回っていたらしい。

けれど山中で、セドリックたち騎士の一行はオオカミに囲まれてしまった。

戦って勝つことはできても、誰かは死んでしまうかもしれない。

どうするべきかと彼らが悩んでいるところに、リィラは遭遇した。

幸運なことに、リィラはオオカミ除けを持っていた。おかげで、怪我もなくオオカミを退けることができて、セドリックたちはとても感謝してくれた。

お礼代わりに、彼らが見て回った場所の状況を教えてもらったので、リィラにとっても見回る時間が短縮できて幸運だった。

さらに騎士たちは、近くの町まで護衛もしてくれた。

だからセドリック自身と交流できたのは、町への道のりとその後、同じ町で一泊した四日ぐらいの間だけだ。

そんな短い時間だったのに、セドリックはいたくリィラを気に入ってくれたらしい。

理由を聞くと、リィラの無関心さが嬉しかったのだと言われた。

なにせ普通の貴族令嬢なら、たちまち恋するだろう美丈夫なセドリックだ。毎日のように誰かに追いかけられていたのだろうことは、リィラにも推測できる。

リィラが無関心だったのは、異性に興味を持ったところで結婚なんて不可能だと諦めていたからだ。

借金だらけの子爵家の、メイドの仕事までさせられている娘なんて誰でも嫌がるはず、と考えていたから。

その結果、本当に男性を恋愛対象として意識しなくなっていたのだ。

――まさかそのせいで、セドリックに見込まれるとは思わなかったが。

結果、セドリックは『騎士の誓い』を捧げたいとリィラに頼んできた。

騎士の誓いとは、『特定の女性を、自分が敬う姫として仕える誓い』を立てること。

実は、数年前から『騎士の誓い』が騎士や貴族の間で流行っていた。

おかげで、自分の姫を持たない騎士などほとんどいない状態らしい。

……リィラは他の貴族との交流がなかったせいで、そんなことは知らなかったが。

セドリックは、言い寄る女性に疲れて、『姫』も決めず逃げ回っていたが、そのせいで、周囲に『半人前』とからかわれていたらしい。

しばらく無視していたセドリックだったが、とうとう貴族からも変人扱いされて困ることも多くなっていた。

そんな時にリィラと出会い、『この人こそ!』と感じた、と言われた。

自分に熱を上げることもなく、姫にしてほしいとねだったりもしない年頃の女性は初めてで、その冷静さにとても感銘を受けた、というのが理由だった。

要するに、恋愛を押しつけない偶像の『姫』役をしてくれると見込んだんだろう。

「人助けだと思ってください。姫がいなければ、ずっと俺は蔑まれ続けます。最近は挨拶代わりに姫への祈りをささげ合うことも多いため、困っているのです」

熱心に頼まれたものの、リィラは困った。

その頃、子爵家はすでに没落しかけていた。そんなリィラを『姫』にしたと知られたら、彼が他人に何を言われるか……。迷惑がかかるとわかっていて受けるのは、良心が痛んだのだ。

恥を忍んで理由を話しても、セドリックの意思は変わらなかった。

「お願いします。どうか——俺の、ただ一人の姫になっていただけませんか?」

低い彼の声で告げられたら、さすがのリィラも頬が赤くなってしまいそうなほど熱くなった。

そして、セドリックを助けるために受けたいけれど、どうしても譲れないところがある。

「ですが、私の名前を出されるのは困ります」

「お名前は出しません。それも誓います」

思いがけないことに、セドリックはそれでもいいと言い出したのだ。

「でも、それでは嘘ではないか？　と疑われてしまいそうですが」

「大丈夫です。俺の態度が変われば、おのずと周囲も姫がいることを確信せずにいられないでしょう。無理な頼みを聞いていただくわけですから、あなたの願いをかなえるのは当然です」

あまりの熱心さにリィラは観念し、姫になることを受け入れた。

その後、本当にセドリックは誰にもリィラの名前を言わなかったようだ。

誰からも、メルディエ子爵家のリィラが姫になった、という噂話は聞かなかった。

リィラはほっとしながら過ごしていたが……。

去年、衝撃的な話が巷を騒がせた。

セドリックは北部のランバート公爵家の子息だと発覚したのだ。

ごく幼い時に誘拐されたそうで、セドリック自身は生まれ育った場所や人の記憶が薄かった。

そのため身元がわからず、拾ってくれた騎士の子供として育ったそうだ。

一方のランバート公爵家は、ずっと彼を探していた。

だけどセドリックが誘拐されて放り出されたのは、公爵家からかなり離れた王国東部の端っこ。髪や目の色が一致する人間も多くいたせいか、なかなかそこまで調査の手が伸びなかったようだ。

その噂を聞いた後、しばらくしてセドリック自身から、出自について手紙で知らせてくれた。

以後は手紙が途絶えてしまう。セドリックもなにかと忙しかったのだろう。

リィラが家から追い出された時には、途絶えて数か月経っていたせいで、すぐにはセドリックに頼ろうという発想が湧かなかった。

「あの日は、セドリック様のことを思い出す余裕もなかったものね」

両親の借金相手は、隣の領地ルアート男爵だった。

ルアート男爵は部下を連れて突然押しかけ、領地と家を取り上げると宣言したのだ。

白髪まじりの小太りなルアート男爵は、さっさと部下に『差し押さえ』の紙を家具などに張りつけさせ、自分は帳簿を探しに行ってしまった。

そして一人、玄関ホールで立ち尽くすリィラに声をかけたのが、バーサの妹であるメイドだ。

メイドは、彼女の姉バーサ夫婦の元へ連れて行ってくれた。

その後、グレアムとバーサは、わけあって開拓団に加わることになったため、リィラもそのままついてきたのだ。

そのことに後悔はない。

館から追い出された時に「全てを捨てて、一人の平民として生きよう」と思ったのだし。

「けど、こんな場所に公子様が来るとは思わないじゃない？」

誰もいない家の中で、つぶやいてしまう。

なぜセドリックは、開拓村に同行したのか。

普通、公爵家の子息は村の開拓に直接関わったりしない。補佐官に一任して、自分は王都の館か領地の城で暮らすのに。

そもそもセドリックの様子もおかしい。

村の開拓や運営について知識が不足しているのか、補佐官と長く相談した後、以前は村で暮らしていたグレアムなどの入植者を呼んで、意見を聞いて知識を得ようとしていた。

(幸か不幸か、そのおかげで忙しくて、私のことは気づいてないみたい？)

先ほども、補佐官やバーサたちと話をしたら、セドリックはすぐに自分の馬の方に戻って行った。

「……でも、顔を見られた時のことを考えないと。だけど髪を染めるのは無理よね」

開拓団に合流してから彼の存在に気づいたせいで、染粉を調達する余裕もなかった。

「急に髪色を変えたら、みんなにびっくりされて、逆に噂になって目立つわ。そうすると、ほっかむりをする？　一応は顔立ちもぱっと見ではわからなくなるはずだし……」

それだけでは不安なので、他にも対策が必要だろう。

「あとは……セドリック様に関わらずに済む仕事を選ばないと」

グレアムの仕事を手伝う予定だったが、補佐官とのやりとりが発生しそうだ。

そして補佐官のいるところは、セドリックがひょっこり顔を出す頻度が高い。

「家の中でできる仕事はないかしら。バーサさんに相談しよう」

翌日、リィラは朝食を食べる時間に、バーサに相談した。

バーサは、朝から丸い頬がきゅっと上がるほど、うきうきとした様子で提案する。

「そうだ。実は、ご領主様がメイドを募集されてるって聞いたよ」

リィラは思わず「却下で！」と叫びそうになってこらえる。

彼と関係があるなんてバーサに知られたくなかった。うっかりと口を滑らせたら、バーサに例の『騎士の誓い』の話までしなくてはならないのだ。申し訳なくて恥ずかしいから、秘密にしておきたかった。

リィラは落ち着くため水を飲み、薄く焼いたパンの間に柔らかくした干し肉と野草をはさんだ食事を食べてから、バーサに要望した。

「あの、メイドはちょっと荷が重いような……。他の仕事はありませんか？」

「うーん。補佐官様も助手を募集していらっしゃるって聞いたよ？」

「ええと、できれば村のみなさんと交流できそうな仕事を希望したいです」

はっきりと伝えたら、バーサもその方向で考えてくれるようになった。

「そうだねぇ。畑の方は農家だった家が担当するって言ってたし、木こりもいるし……ていうか、リィラには無理だもの。あんたでもできそうなの……というとカゴ作りかしらね？」

「カゴですか？」

　バーサがうなずく。

「近くに柳が群生していたみたいでね。冬の間ずーっとカゴを作っても大丈夫なくらいだって。明日から隣のベルナさんたちとカゴを作りましょうって話してきたの。カゴは余れば売れるから」

　リィラは「そうですね」とあいづちを打った。

「何かを売っていくらかお金を稼いでおいた方がいいですよね。半年もしたら足りなくなるものが出てくるだろうし、冬のことも今から考えないと……」

　布や鍋のようなものは、壊れたら買う必要がある。

　買うためにはお金が必要だ。入植のために用意をしてはいるけど、足りなくなっては困るので余裕はいくらあってもいい。

「考えてみれば、畑で取れるものを売ろうにも、二年放置した畑では、今年の収穫量はそれほど多くないでしょう。売る分まで作れるとは思えないですよね」

　リィラはしゃべりながら考える。

　荒地を一から畑にするよりは楽なものの、放置された畑は整備しなくてはならない。

　雑草を取ったり、種が飛んで生えてきた低木も抜いたりと、手がかかるのだ。

「それに開拓済みの村への再入植ですから、税金が無料なのは二年間だけなんですよね。不作だった時のために、食料を買うお金も貯めておかないと……」

　リィラの話を聞いていたバーサは、お湯を一口飲んだ後で息をつく。

「だよねぇ……っていうか。話を聞けば聞くほど、あんたって貴族のお嬢様っていうより、徴税官か村長みたいな子だよねぇ。前に住んでいたところの村長と、そこに来てた面倒見のいい徴税官が、あんたみたいな話をしてたよ」

　しみじみと言われ、リィラは苦笑いした。

「領地の見回りとか、税の処理とかは慣れています」

「ほぼ領主をやっていたみたいなもんだな」

　一緒に朝食を食べていたグレアムが、パンを三つ平らげて言う。

　伸びた白髪まじりの髪を後ろで結んでいるグレアムは、日に焼けてしわの深くなった顔をリィラに向けた。

「この村についてきた領主も補佐官も、小さい村を一から作るのは初めてみたいだ。少し不安だったんだが、おまえさんみたいなのがいれば助かる。最初は貴族令嬢の保護者になるなんて、どうしたもんかと思ったがな」

　笑みを浮かべてくれるグレアムに、リィラは微笑み返す。

　グレアムの不安は理解できる。

　補佐官もセドリックも、村の運営に不慣れなようだったし、知識も少なそうだった。災害などで屋根に穴が開いたり雨漏りがするなんてことはよくあるし、村人なら自力でしのぐ方法を知っているのだけど、思いもつかなかったようだから。

とはいえ、リィラがセドリックに直接意見をする状況は避けたい。

（どうしても村のために伝えたいことがあったら、グレアムさんに頼もう）

ひそかにそう心に決めたところで、まずはバーサに頼みごとをされた。

「今日はまず、薪をもらって来ようか」

「はい！」

元気よく返事をし、リィラはバーサと一緒に出かけた。

もちろん、ばったりとセドリックに会った時のために、リィラは麦藁の帽子を布でしっかりと頭に固定し、極限まで顔が隠れるようにしていた。

「あんた虫が嫌いだったりするのかい？」

バーサが不思議そうに聞いてきた。リィラは笑ってごまかした。

「日焼けすると、皮膚が痛くなる体質で……」

「昨日まで、そんなこと言ってたかね？」

バーサは歩きながら首をひねっていたが、それ以上追及することはなかった。

助かった……と思いつつ、バーサと一緒に村の薪置き場へ着く。

「ここだね」

そこは村の東北で、丸太で作られた倉庫が村を守る柵近くに設置されていた。

倉庫の中は薪でいっぱいだった。

近くには薪をもらいにきた人たちが何人もいた。仕立て屋のレナや、バーサと同い年の五十代のベルタ。それに村で一番小さい八歳のローズとその母親だ。

「遊んでないで、早くおいで」

ローズは母親からそう怒られていたけど、薪を地面に立てて倒す遊びに夢中になっていた。

それを微笑ましく見ながら、リィラとバーサは、持てるだけの薪を縄で縛って、背負う。

慣れた手つきで背負ったバーサは、先に歩いていく。リィラは背負うのに手間取り、離れたバーサを追いかけた。

昨日、馬車から一気に物を降ろしたりしたせいか、あちこち筋肉痛でどうも動きが鈍い。

しかも薪の量を調子に乗って多くしたせいか、バーサの歩みにどんどん遅れていく。

その時だった。

「ローズ、先に帰ってしま……ひぃっ！」

呼びかけていたローズの母親が、息をのむ。

先を行くバーサが振り返って、悲鳴を上げた。

「ちょっ、リィラ！」

「え!?　あんた早く走って！」

「いやあぁぁあぁ！」

薪を取りに来た男性が慌てて反転し、女性たちも薪を投げ捨てて走り出す。

リィラも後ろを振り返り、血の気が引いた。

村の入り口に、オオカミの群れがいたのだ。

一、二……二十四はいる。大集団だ。

近くの畑にいた人たちも気づいて、急いで逃げ始めた。

「オオカミだ！」

「逃げろ！」

「兵士を誰か呼んで！」

混乱しながらも、兵士を呼びに行く者。

持っていた鍬を手に、オオカミにじりじりと近づく人もいて大混乱になる。

オオカミは人間を警戒してか、入り口から少し進んだところで立ち止まり、様子を見ている。

これなら、兵士が到着するまで怪我人を出さずに済むかも、とリィラが思った時だった。

「あっ！」

ローズが薪置き場の側から、動けずにいた。

目を見開いたままオオカミを見つめているが、足が震えてしまっている。

リィラは薪を捨てて走った。

「ダメよ！」

バーサの声がする。ローズを助けに走ったとわかったのだろう。

でも立ち止まってはいけない。

そうしないとローズがオオカミに殺されてしまう。

(ほら、オオカミが私の方を見ない。ローズの方ばかり気にしてる)

倒しやすい子供を狙（ねら）っているんだろう。

自分に注意を向けるため、リィラは大きな声でバーサに返事をした。

「私は大丈夫！」

じりじりとローズに近づこうとしていたオオカミが、リィラの方を見る。

その時には、リィラはローズの前に立ちはだかることができた。

「リィラ!!」

バーサたちが悲鳴を上げた。

オオカミの方は動かない。むしろ、リィラが一歩進むと、彼らも一歩下がる。

そこでようやく、バーサたちは何かおかしいことに気づいたようだ。

「え？　オオカミの方が避けてる……？」

鍬をかまえていた男性が、目をまたたいた。

そう、オオカミは隙（すき）をうかがっているのではない。しっぽを下げて、リィラの指示を待つような姿勢をしている。

それどころか、オオカミの何匹かはその場でおすわりしてしまった。

「まだお守りの効果はあるみたい」

リィラは隠してつけていたネックレスを、服の下から取り出した。

銀色の素っ気ない金具で鎖とつながっている、オオカミの白い牙がぶら下がるだけのネックレス。装飾性も何もない品だ。

これは、リィラの両親が珍しくギャンブルで勝って、相手からお金の代わりに取り上げてきたものだった。

しかし、一緒にルビーのネックレスを渡されたからか、『オオカミ除けの高価なネックレス』は、当然ルビーの方だと両親は勘違いした。

牙のネックレスには価値がないと判断した両親は、リィラに投げてよこしたのだ。

勝って気分が良かったのと、酔っていたからリィラにくれてやろうと思いついたんだろう。

しかしリィラは、噂で聞いていた。

――魔道を用いて獣から作られる魔獣。その牙や骨を持っていれば、元となる獣を寄せつけなくなる、と。

ただし加工はできないらしいとも聞いた。それなら、素っ気ない金具で固定されているだけのネックレスは、本物なのかもしれない……と思い、領地を見回る時にも身に着けていたのだ。

実際に、これでオオカミを退かせたことがあるから、確実に効くのはわかっている。

だからリィラは、オオカミの前に進み出たのだ。

「ローズ、お母さんのところへ走って逃げて」

声をかけると、恐怖で顔がこわばっていたローズは、うなずいて震える足で移動を始めた。怖すぎて足が笑うのか、とても走っているとは言えない速度だった。けど、ローズは自分がこなすべきことを達成し、母親の元へとたどりつく。

ほっとしたところで、リィラはオオカミをどうするべきか、と悩む。

「これ、遠ざけるだけでなんとかなるかしら?」

以前、子爵家の領地で出合ったオオカミは、追い払うだけにしていた。

リィラは移動途中だったし、リィラの方がその場を離れてしまう方が楽だったのだ。

でも今回、リィラたちは村を離れられない。

(退治するしかないのかしら……?)

セドリックに頼めば、達成してくれるだろう。怪我人は出るかもしれないけれど。

悩んでいると、一匹のオオカミが群れの後ろから進み出てくる。

「おおきい……」

そのオオカミは白灰色の毛で、他のオオカミよりも二倍の大きさがあった。

しかも首回りの一部に虹色(にじいろ)の毛が混ざっていて、瞳(ひとみ)も虹色をしていた。

こちらを遠巻きに見ていた村人たちが、ざわめき出す。

「……普通のオオカミじゃねぇ」

「魔獣じゃないのか⁉」

リィラもつばを飲み込み、大きなオオカミの動きを見守る。

魔獣は毛の色が黒紫に染まると聞いているから、魔獣ではない……と思う。

とはいえ、普通のオオカミの大きさではない。

しかもこのオオカミは、お守りの効果がない可能性があった。平然と近づいてくるのだ。

「魔獣だったらどうしよう」

不安が心に湧き上がる。

その時だった。

リィラの横に誰かが進み出てきた。

危ない、と言おうとして、見上げた姿勢のままリィラは固まる。

白銀の髪に青の瞳の青年――セドリックだ。

村の外を見回る途中で、ここへ急行したのか。

(……これは、やっぱり私だってことがバレてるわよね？)

でなければ次期公爵が、オオカミの前にのこのこと出てこないだろう。少し離れた場所で、ついてきたらしい兵士がおろおろとしている。そこにいろと命じられたのかもしれないが、気が気じゃないはずだ。

しかし彼はリィラに『どうしてここにいるんですか』などとは聞かず、必要なことだけを話した。

「あのオオカミは、魔獣の血が混じっているのだと思います。実例をいくつか見たことがあります。あのように大きさが違ったり、通常ではありえない色を宿していました。……ところでリィラ殿は、魔獣にもオオカミ除けが効くかどうか、ご存じですか？」

リィラはオオカミのことに専念するため気持ちを切り替え、淡々と応じる。

「オオカミにしか使ったことがありません。一応、敵意は感じられませんが……」

大きなオオカミは、ゆっくりとリィラに近づきつつあるが、怒っている様子はない。

「他のオオカミも、座ったまま動きませんね」

とはいえ、話ができる相手ではないのであのオオカミの意図がわからない。

もし大人しくしてくれているなら、できる限り戦闘は避けたいのだけど……。

じっと観察していると、大きなオオカミはリィラの十数歩前で足を止める。

そして、リィラだけを見つめていた。

ふとリィラは、オオカミが自分が首に下げているネックレスだけを見ている、と気づいた。

（オオカミ除けが嫌なのかしら？　でもこれを渡したら、すぐに襲われてしまうだろうし。どうしよう）

考えるリィラの前で、オオカミが再び動き出し、さらに近づく。

セドリックが横で身構えたその時——。

大きなオオカミは、ごろんとお腹を見せて転がった。

「え？」

誰もが目を疑った。さらに大きなオオカミの鳴き声に、耳を疑うことになる。

「キューン。クゥウゥン」

「甘え……てる!?」

「……そういう風にしか、見えませんね」

セドリックが困惑した声を出す。

大きなオオカミの方は、キュンキュン鳴きながら、ちらっちらっとリィラを見ている。

しかしリィラが呆然としていると、大きなオオカミは他のオオカミたちに顔を向け、「グルルルルルァ」と威嚇した。

びくっとする、周囲にいた村人。

でも次の瞬間、他のオオカミたちまでお腹を見せて転がったのだ。

キュン、クゥンという犬が甘える声の大合唱に、誰もが毒気を抜かれてしまう。

「…………ええと。もしかして、自分一人がお腹を見せただけでは意図が伝わっていないから、全員にお腹を見せるように指示した、という感じでしょうか？」

自分よりはオオカミに詳しいだろうセドリックに、現状の確認をする。

「のような気がします……。戦う意思が全くないのはわかったんですが。なぜ、お腹を見せて甘えた声を出しているのか、お心当たりはありますか？　リィラ殿」

ようやくセドリックが口にしたのは、そんな言葉だった。本格的に困った表情になっている。

魔獣の血を引いているかもしれない、と警戒した直後だったので、飼い犬のような行動に混乱しているようだ。

リィラは少し考えて、大きなオオカミに自分から近づいた。

「リ、リィラ殿!?」

セドリックが焦った声を出すが、リィラは歩みを止めない。

大きなオオカミは、リィラが側にしゃがんでもそのままの体勢でいた。

むしろリィラの牙を見て、やや涙ぐんでいる。

懐かしい人と再会した時の人間みたいだ、と思ったリィラはハッとした。

「もしかして、これはお母さんの牙だったのかしら？」

つぶやくと、大きなオオカミがうんうんとうなずいた。

「返事した……」

驚く。まさか返事をしてくれるとは、リィラも思わなかったのだ。

でも偶然の可能性だってあると思い、改めて質問してみた。

「もしかして、私の言葉がわかったりする？」

うんうん。

ちゃんとうなずくので、人の言葉が理解できるらしいことがわかった。びっくりしたが、それなら話が早いと、リィラはオオカミにどんどん尋ねてみることにする。

「ええと、お母さんの牙があるってわかったから、この村に来たの？」

うんうん。

「返してほしいのかしら？」

首をかしげる。

体が大きくても、犬系の動物が首をかしげる姿は可愛い。

「別にいらない？　……ある場所がわかればいい感じ？」

質問を変えても、大きなオオカミは微妙な反応だ。

そしてお腹を見せた姿勢のまま、足で地面を蹴ってずりずりとリィラに近づく。

ふわふわのお腹が膝にくっついた。なんだか温かい……。

「キューン」

止めに、ねだられるような声を出されたこと。なにより話がわかるらしいことで少し安心してしまったのだと思う。

リィラはつい大きなオオカミのお腹を撫でてしまった。

「あ、けっこうやわらかい」

なにせ魔獣の血を引いているらしい見た目だから、熊のように毛が少し硬いとか、違いがあるのかと思っていた。

ふかふかしている。

大きなオオカミの方は、わふっわふっと嬉しそうだ。

「まるで、なついている飼い犬みたいな……。腹を見せるのは服従のポーズだったはず」

セドリックが、つい、といった感じにつぶやいている。

その言葉を聞いて、リィラはピンときた。

「まさかと思うけど……あなたは、私がお母さんを倒した人間だから、牙を持っているって考えたんじゃない？　それで、お母さんに勝てる強い人の部下になろうってここへ来たとか？」

大きなオオカミがまた微妙な顔をした。違うらしいと感じたリィラは、他の表現を探す。

「ではお母さんを倒した強い相手を、新しいお母さんとして認める、みたいな？」

推測を口にしたら、大きなオオカミがうんうんうなずいて、しっぽをバタバタ振った。

「えええええええ!?　本気？」

うんうんうん。

何度もうなずく大きなオオカミ。気持ちはわかったけど、問題がある。

（君のお母さんを倒したの、私じゃないのよ……？）

どこかの見知らぬ誰かが倒した、この大きなオオカミの母（しかも魔獣）。その手柄を自分のものとしていいのか？

三秒悩んで、「ま、いいか」とリィラは思う。

剣を手にするばかりが戦いではない。経済活動も、人同士の駆け引きも戦いの一環だ。

たまたま牙を手に入れたリィラの両親は、価値のないものだと思ってリィラに与えたが、それが魔獣の牙だとわかるかどうかも、知識による勝負と言えるだろう。

リィラはそう結論づけ、大きなオオカミに言った。

「これからよろしくね。君がこのあたりに生息してるオオカミの頭なのかな？」

うんうん、とうなずく大きなオオカミ。

魔獣の血が入ったこの大きなオオカミに、敵う相手はいないということか。

（ん？　だとすると、このオオカミが服従してくれるなら、この周辺のオオカミが村人を襲わないようにしてもらえるんじゃないかしら？　むしろ餌付けを試みてもいいかもしれない）

リィラはよし、と大きなオオカミに頼んでみることにした。

「それじゃ……実は頼みがあるんだけど。人間を襲わないでいてくれる？」

大きなオオカミはうんうんとうなずいた。

「ありがとう、オオカミさん」

しかしお礼を言うと、ぶふーと不満そうな鳴き声を出す。

でも怒っているわけではないようだ。すねているような気がした。

「何か嫌だった？　今言ったのって……オオカミさんって呼ぶのが嫌なの？」

心当たりが他になかったのだが、それで正解だったようだ。

うんうんとうなずく大きなオオカミ。にこっとしてハッハッハッハと息をして嬉しそうだ。

もしかすると魔獣を親に持つと、賢くなる分、名前がほしくなるのだろうか？

不思議だなとリィラは思いつつ、要望に応えることにした。

「ええと。そうしたら名前をつけていい？」

「わふふぅぅぅぅう！」

大きなオオカミがおかしな鳴き方をした。しっぽをバタバタしている。大賛成のようだ。

リィラは悩む。

名前……。自分が名づけをすることになるとは思わなかったから、何も思いつかない。

とはいえ、時間をかけてはいられない。

他の村人は今も心配そうにリィラを見ているし、彼らの緊張も長く持たないだろう。

限界に来た時に、衝動に駆られてオオカミたちに突進されては困る。

それに手出しをしないでいてくれるものの、背後からはセドリックの視線が刺さっている。

(セドリック様も、聞きたいことが沢山あるんでしょうね)

自分が『騎士の誓い』をした相手が、貴族令嬢をやめて開拓村で村娘になっていたら驚くだろうし、事情を知りたいはず。

見つかってしまった以上は説明もしなければ、と思うのだけど。

(本当は、みじめだから説明もしたくないんだけど……。そういえば、ブライルの町でもそんな風に思ったわ)

セドリックに『騎士の誓い』をさせてほしいと頼まれた時。

断る理由にリィラは四苦八苦したのだ。

実の両親に虐(しいた)げられているなんて、誰かに言いたくはない話だ。みじめすぎるから。

なんて考えていたせいで、リィラはつい口に出してしまった。

「ブライルか……」

大きなオオカミは、ピンと耳を立ててばっさばっさと大きなしっぽを振る。

「あ、これは。自分の名前がブライルだって思った感じ?」

名前をつけるという話の流れで言えば、そう受け取られても仕方ないのだけど。

「わふわふわふ!」

大きなオオカミはご機嫌のようだ。

完全に自分の名前を『ブライルはどうですか?』と聞かれたと感じたらしく、本人はそれで大喜びしているらしい。

(これは、もう取り消せないわね……)

説明してわかってもらうのにも時間がかかってしまうし。

するとブライルがゆっくりと起き上がった。

リィラたちを怖がらせないようになのか、ただ目的を果たして嬉しかったのか、そのしっぽはブンブン振り回されたままだ。

「もう帰るの？」

「クゥン」

返事をくれた。たぶん「そうだ」と言っているのだろう。

（良かった。自分から村を出てくれるのね）

そこまで指示しなければならないかなと、リィラは考えていたから助かった。

この大きなオオカミが村を闊歩していたら、村人たちが精神的にまいってしまいそうだ。だからリィラと一緒にいる！　と要求されたら、なんとか断らなければ……と思っていたのだ。

「気をつけて帰ってね」

手を振ると、ブライルは「クゥン」と鳴いた後、背後を向き、「ヴァウ」と仲間たちに号令をかけた。

他のオオカミは一斉に起き上がり、ブライルを先頭に村の外へ出ていく。

「終わった……？」

「帰っていく」

呆然としている村人の姿が目に入り、次にその村人たちと目が合う。

そこに『オオカミを手なずけた女』という恐怖の色があるのを心配したけど、みんな目がきらきらしていた。

そしてわっと沸き立つ。

「やった、オオカミが来たのに無傷だ！」

「ああ助かった！」

「良かった！　ありがとね、リィラ！」

バーサの感謝する声まで聞こえて、リィラは苦笑いする。

(私のおかげではないんだけど……)

指先でオオカミ除けのネックレスを触りつつ、リィラは後ろを振り返った。

そこには、目をきらきらさせたセドリックがいた。

(なぜセドリック様まで……って、あ！)

オオカミに、『ブライル』という名前をつけたのだ。

しかもそれが、セドリックにとって『騎士の誓い』をした思い出の地だとなれば。

(覚えていたことを、喜んでいるのかもしれない？)

たぶんそんな感じではないだろうか。

(ずっと、もう一度会いに行きたいと手紙で書いていたから……)

最初は騎士としての勤めの関係と、彼がいた騎士団の砦がリィラの領地から離れていたから、セドリックがリィラに会いに来ることができなかった。その後は公爵家へ行くことになったので、もっと遠くなってしまったせいで、彼の願いは叶わなかったのだ。

もしセドリックが再会を望んでいたなら、こうして会えたことは嬉しかったに違いない。

そんなセドリックはリィラに近づき、言った。

「少し、話をさせてくれませんか？　リィラ殿」

リィラは観念して、彼についていくことにしたのだった。

※※※

向かった先は、元村長の家だった。

石積みのしっかりとした土台の上に立つ、三階建ての館だ。

はちみつ色の壁は小さな傷がある程度で、住むのに支障はなさそうだった。

貴族の館ほどの大きさはなく、一階は台所や浴室に物置と、一つだけ空き部屋がある以外は大広間があるだけだ。

大広間は村人を集めて集会などができるように作ったのだろう。今はそこに長い机や簡素な木の椅子を沢山置いて、食堂として使っているらしい。

二階と三階に個室が複数あり、セドリックや補佐官たちの他に、宿直の兵五人ほどが、この館に滞在していると聞いた。

他の兵は、館に隣接している家で寝泊まりしているそうだ。

リィラは二階の、セドリックの執務室へ案内される。

それから兵士も下がらせ、二人きりになったところで、セドリックは長く息をついた。

「それにしても、こんなところで会うなんて……」

彼の言葉に、本当にその通りだとリィラも思う。

まさかこんな辺境で、セドリックに会うことになるとは思わなかった。

そして、できればセドリックに存在を知られずに、彼が村を離れるまでやりすごしたかった。

が、見つかってしまっては仕方ない。

覚悟を決めたリィラは、セドリックに一礼する。

「お久しぶりでございます、セドリック様。私も、落ちぶれた姿をお見せすることになるとは思いませんでした」

「あなたの家のことは耳にしていました。でも、リィラ殿のせいではありませんよ」

セドリックは言いにくそうに応じる。

なるほど。セドリックはもう、リィラの家の事情を把握しているらしい。

「どこまでご存じでいらっしゃいますか？」

「ご両親が亡くなられたことと、領地と家がご両親の借金で……ということです」

「それでしたら、おめでとうと言ってください」

リィラは笑顔を作った。

「私はようやくあの家から解放されて、新しい人生を始めたんです」

セドリックはリィラの言葉に、困ったように微笑んだ。

「以前もご事情についてお聞きしましたが、そこから考えると、たしかにリィラ殿は解放されたのだと言えますね」

「ええ。ずっと、あの家を出ていきたいと思っていましたから……」

「しかし借金の方は、不確かなものだったと耳にしました。その証明ができれば、ご身分を失うこともなかったのでは」

セドリックの言葉に、リィラは首を横に振った。

「私には、それを証明する手立てがありませんでした。でも、あれで良かったと思っています。生家を捨てることになると考えた瞬間、すっきりしたぐらいでしたから」

あの時、自分はよほど家に嫌気がさしていたんだと実感したものだ。

「なんにせよ、セドリック様の誓いを公表しなくて本当に良かったです。セドリック様を巻き込むところでした」

「そんなことは気にしないでください。今は、どう生活しているのですか？」

どうやらセドリックは、オオカミの一件までリィラに気づかなかったようだ。

視界に入らないよう逃げまわった成果だろう。ちょっと嬉しい。

「家を出た後は、親しかったメイドの親族のところで居候させてもらっていて……。そのまま彼らの移住に同行して、ここへ来ました。現在は決まった仕事はしていません。どの仕事が自分に適しているか考えています。ひとまずは、カゴを作ろうと思っていますが」

説明すると、セドリックが驚いたように言う。

「え、もったいない。あなたの才能がこんなところで埋もれてしまうなんて」

リィラは首をかしげた。

「才能ですか？　特に目立つような才能はないはずですが。農業の知識もないですし、何かの職人になれる技術も持っていませんよ？」

裁縫と刺繍もメイドたちに習ったものの、職人と言えるほどの技量にはならなかった。だからこそ、グレアムの手伝い以外は何をしたらいいのか困っていたのだが。

しかしセドリックは意外なことを口にした。

「領地を運営していらっしゃったでしょう？」

リィラは目を丸くする。

「領地運営ですか？　領地を持っている貴族なら、誰でもするものだと思いますが？」

特別なことではないと言えば、セドリックが苦笑いした。

「初めてお会いした時も、ずいぶん長く統治してきた領主のように采配していらっしゃるな、と思っていました。けれど今、俺は別の面からリィラ殿を尊敬しております」

「尊敬⁉」

そんな言葉が出てくるようなことはしていないような？

戸惑うリィラを置き去りに、セドリックは続けた。

「以前お知らせしたように、俺の状況もあれから変わりました。公爵家に戻り、公子と呼ばれる立場になって、俺は思ってもみない壁にぶつかっているんです」

「壁ですか？」

「はい」

一体どんな壁だろう。

セドリックは騎士としても強いと聞いていた。それこそ魔獣討伐も行ったことがあるはずだ。とてつもなく大きな事件があったのか？　とリィラは思ったのだが。

「騎士として生きてきた俺は……領地運営の知識がなく……」

「あっ」

リィラは思わず声を出してしまう。

以前のセドリックは、平騎士の子供だった。

彼の出自を知らずに拾ってくれた、騎士の養父の元で育ったからだ。そのため貴族と縁づくのではない限り、誰かに仕え、戦うのが彼の一生の仕事だったのだ。

そんな人が、急に公爵家の跡継ぎになり、沢山の家臣や一族の先頭に立って統治する立場になってしまった。しかも、今まで関係ないと思っていた領主の仕事を学ばなければならなくなったら……四苦八苦して当然だった。

「でもセドリック様は聡明な方ですから、すぐに必要なことは覚えてしまうでしょう。時間はかかるかもしれませんが……」

「その時間が問題でして」

セドリックは困った表情になる。

「祖母は六十歳を超えています。病気や怪我などで、いつ領地の管理ができなくなるかわかりません。だから俺は大急ぎで公爵らしい知識を身につける必要があります。そして万が一の時に、少しでも能力が足りないと思われれば、分家の者たちが総出で俺を潰しに来るでしょう。公爵家の当主になりたがって、俺を邪魔に思っている人間ばかりですから」

「分家の者、ですか……」

リィラの子爵家は、小さすぎて分家の人間が代官の地位に納まる必要すらなかった。

代々の子爵家の次男三男は、騎士や文官という形で自立して出ていくのが慣例だったくらいだ。

そんな猫の額でも領地を狙っている親戚はいたものの、両親の借金額が増えてきたと知ったとたん、誰もが嫌がって逃げてしまった。

祖父母の兄弟たちなど、他人のふりをしたぐらいだ。

でもランバート公爵領ほどに豊かで広大だと、分家の人間でも自ら爵位を持つ者も多い。

(うちの両親が借金をしていたルアート男爵も、公爵家の分家だったわね)

力も財力もある分家なら、公爵位を狙えるほどの勢力も持っているだろう。

「そうですね。大変だと思います……が……あ、それで、この村に？」

ようやくリィラの中で、セドリックが開拓地へ来る理由がつながった。

「お気づきになりましたか。そう、俺は実践で勉強するため、この村を管理するように祖母から言われまして。まずは村の運営を実践で覚える方がいいだろうと」

「どうりで。いくら開拓村とはいえ、村規模の運営を、公子様が直接なさるのは不思議だと思っていたんです。代官に任せるのが普通ですから」

「祖母が言うには、促成栽培、だそうです。俺は領主教育というものを、かなり速足で進めなければなりませんから、通常の方法ではダメだということになりまして」

普通、領主の勉強は、幼い頃からあちこちの視察に同行するところから始める。そうして視察先の村や町をどう管理運営しているのか、どんな地域があるのか学んでいくのだ。

やがて領内のことを知った頃に、いよいよ帳簿や税のこと、飢饉や災害の対応について深く学ぶことになる。

でもセドリックにはその下地がない。帳簿なども触ったことがないはず。

なのに時間がないのだ。

だから女公爵は、セドリックに言った通り促成栽培を選んだのだろう。

村単位でも運営の流れがわかれば、町の運営にもその知識が役立つ。そして町の運営ができるようになれば、大きな都市の管理や、領地全体の運営についてもすぐ理解できるようになる。

そうして上手くいけば、三年くらいで領地全体の運営を習得しているはずだ。

もう一つ利点がある。

領民にセドリックの顔を知らせることができる点だ。

分家を黙らせるのには、領民の声も重要になってくる。それを勉強しつつ獲得するため、現場に出すことを決めたのだ、とリィラは推測した。

なにせ思わず振り返ってしまうほどの容姿だ。使わない手はない。

「セドリック様なら大丈夫ですよ。きっと女公爵様も、素晴らしい補佐をおつけになっているでしょうし」

リィラが見かけていないだけで、補佐官はデイルだけではあるまい。

きっと、遅れて駆けつけてくるんだろうとリィラは考えていた。

なにせセドリックは領地運営の初心者だ。教育係を兼務した元家令や元執事、分家の元家長にその使用人なども来るかもしれない。

そんなリィラの想像を打ち砕いたのは、セドリックだ。

「いません」

「……は？」

「協力すると約束した分家の人間は一人を除いて、直前に都合が悪くなったと言い訳して来ませんでした。祖母が指示し、教育係として同行予定だった元家令なども、突然の病気で出発直前に動けなくなったり、骨折しましてして」

リィラは絶句した。

分家の者たちが、そこまであからさまにセドリックの邪魔をするとは思わなかったのだ。

「……行方不明者も三人ほどいましたか。俺がいなければ公爵家の当主になれたのに、と嫉妬した分家の人間の仕業でしょう」

淡々と語りながらも、セドリックの声音が冷たいものになっていく。

邪魔をされて、そうとう怒っているようだ。

「ですから……」

セドリックがその場で膝をつく。

「あなたがこの村へ来てくださったのは、天の配剤ではないかと思うのです。色々俺に教えてくださいませんか？　リィラ殿」

「え、そんな。家を失った没落令嬢なんかに、公子に何かを教えることなんてできません。急いで別の方を手配していただいた方がいいです！」

「手配したところで、分家の者が横やりを入れて、この村へ来られないようにしてしまうかもしれません。その妨害を乗り越えても、実際に来るまでに何か月かかるか……。その間に村の運営が滞ると、村人たちが冬越しできずに亡くなる可能性があります。それは避けたい」

セドリックの言葉に、リィラもうなずくしかない。

冬越しが上手くいかないと、すぐさま死につながってしまう。

近くの町から離れたこの村では、雪深くなってから助けを求めに行くのも難しい。

とはいえリィラの懸念はぬぐえない。

「セドリック様のご心配はわかります。でも、公爵家の一族でもない私が村の運営に手を出すと、さすがに反発する人が出ると思います」

正統な後継者のセドリックでさえ、分家の人間に邪魔をされているのだ。

それに公爵家の事業だから、と移住を決意した村人の中にも、リィラが突然重用されて不愉快に思う人も出るかもしれない。

「そうですか……では、結婚はいかがですか？」

「は!?」

リィラは目を見開く。

一瞬思考停止しそうになったけど、リィラはぐっと驚きを胃の奥に押し込めた。

そして、セドリックがどうしてそんなことを言い出したのか考える。

（たぶん、手っ取り早い解決法を考えた結果よね？）

公爵家の人間じゃないからおかしい、というのなら、結婚して一族に加えればいい、と思ったのではないだろうか？

そう考えたリィラは、落ち着いてセドリックに言う。

「セドリック様。平民になった女が、どうして公子様の妻になれるとお思いですか？」

「……方法はいくらでもあります」

「わかりますが、今すぐにできることではないはずです」

例えばどこかの貴族家の養子にするなど、抜け道は色々ある。

その方法で、国王の愛人に上りつめ、子供が爵位を得た女性もいるぐらいだ。

でも辺鄙（へんぴ）な村に滞在している今、そんな根回しや手続きをするには、遠くにいる女公爵の手を借りるしかない。打診するだけでも時間がかかるし、上手くいっても手続きが終わる頃には冬が過ぎているに違いない。

リィラのそんな考えをくみ取ってくれたのか、セドリックはしばし悩む。

だけどすぐに、また何かを思いついたようだ。

ぱっと表情を明るくして提案してきた。

「では、私の侍女になりませんか？」

「侍女ですか？」

予想外の言葉に、リィラは困惑した。

セドリックはうなずく。

「貴族が侍女を雇うことは不自然ではありません。侍女ならつき添いとして、一緒に行動して村を見回ってもおかしくはありませんし。そうして村の状況を見つつ、助言していただけるだけでいいのです。それならリィラ殿が村の運営をしている、という形にはならないでしょう」

たしかに……とリィラも納得せざるをえない。

侍女ならば貴族夫人が家政の仕事をしている時も、側にいる。その時に状況を聞いて、助言をする人もいるだろう。

「それでも、男性貴族に侍女はつけないような……？　メイドならわかりますが」

「いいえ。メイドはさせられません。あなたに掃除をしていただきたいわけではないですし、侍女なら貴族出身の女性でもできる仕事のはずです」

身分の高い貴族の家は、夫人や令嬢の侍女として下級貴族の女性を雇うことがある。

行儀見習いの一環のため、メイドのような仕事をさせられることはなく、衣装選びや髪結いなどはするけれど、基本的には外出のつき添いや話し相手をするのだ。

だからセドリックの側にいて、運営を助けるには良い言い訳ができる職ではあるが。

「でも村娘の私がその待遇を受けるのは、目立ちすぎます」

村の運営を助けるためだとしても、メイドではなく侍女では、あきらかに優遇されていると
わかってしまって、村の中で浮いてしまう。

セドリックがいなくなった後のことを思うと、リィラの居場所がなくなりそうで不安だった。

「すでに、恐ろしく目立ってしまっていますよ。あなたはオオカミを退けた人ですから」

セドリックに笑われて、リィラはハッとした。

(オオカミのことで、十分に浮いているわね、私)

「それに祖母も、侍女という形で仕事の補佐をする女性を置いています。それに倣ったと言え
ばいいわけですから」

良い言い訳だ、とリィラも思ってしまう。

ただ、自分がそういう立場になって目立つのは尻込みする。

そんなリィラを、セドリックが説得してくる。

「むしろこれから、さらに目立つかもしれません。あのオオカミはまた村に来るでしょう。そ
のたびに大騒ぎになりそうですし……。むしろ、あのオオカミのことを理由に領主に取り立て
られた、と言えば、皆納得すると思いますが？」

「……おっしゃる通りだと思います」

セドリックの言葉には一理ある。

リィラはうなずくしかなかった。

「あともう一つ。オオカミのことがあるからこそ、あなたを取り立てないと、不審に思われる可能性があります」

「不審に？」

「この小さな村で、今一番怖いのはオオカミや熊でしょう。それを追い払ってくれた相手を尊重しなければ、『村に貢献しても報われない』と考えてしまうはずです。そういった小さなズレが、いずれ大きな問題になってしまいます」

セドリックに言われて、リィラもそのことに気づく。

大きなことを成し遂げてもすげなくされてしまうと、やる気を失ってしまうのが人だ。賞賛を期待してやったことではなくても、ただ一言感謝されたいと思ってしまうし、やったことを認めてほしいものだ。それもないまま放置されるとなれば、よほど信念がある人ではない限り、村のために自分が泥をかぶるような行動をしなくなる。

やがては村人全員が、誰かのために何かしても、自分が損するだけ、と様々なものを見て見ぬふりするようになって……。互いに協力しないと生きていけないこの小さな村は、そんなことでも廃村の危機を迎えるかもしれない。

「そのためにも、領主は村のためになることをした人を重用する、と知らせたいのです。ですから、待遇面でもご協力していただけますか？」

そう頼まれては、嫌とは言えない。

リィラがうなずくと、セドリックは嬉しそうに微笑んだのだった。


それからが大変だった。

まず、あの補佐官デイルに紹介された。

デイルは最初、リィラがセドリックの仕事を手伝うことになったと知ると大喜びした。

「おおお！　手が足りていなかったから嬉しいです！」

両手を掲げて嬉しさを表現するデイルに、セドリックが告げた。

「それで、職種なんだが『侍女』ということにしたい」

「侍女ですか⁉」

驚いたデイルが叫んだ。

セドリックがそんなデイルに答える。

「間違いなく侍女だ。メイドでは俺が困ることになるんだ」

「メイドでは困る？　何か理由があってのこととは思いますが……」

困惑した表情のデイルに、セドリックは簡単に事情を告げた。

「彼女に領主としての仕事を教えてもらうんだ。彼女は元貴族令嬢だというのは知っていると思う」

「え⁉」

ここで声を上げたのはリィラだ。

デイルが知っているというのはどうしてなのか。

セドリックはきまり悪そうに説明してくれた。

「実は、かなり前からリィラ殿のことは気づいていて……。デイルにも話はしていたんです」

「……気づいて、たんですか」

デイルがうなずく。嘘ではないらしい。

リィラは顔から火が出そうなほどに恥ずかしかった。

バレてない、と安心していたのはリィラだけだったようだ。うかつすぎる自分を心の中でリィラは詰る。

（もうっ、セドリック様が全く気づかないなんてこと、あるわけなかったんだわ！　知らないふりをしてくださっていたのを、自分の隠れ方が上手いからだなんて、図に乗ってたのね私）

恥ずかしさに泣きたくなるが、ぐっとこらえる。

セドリックは話を切り替えるためか、咳ばらいをした。

「それで、リィラ殿には領地運営の経験がある」

「え、領地運営の経験がおありで？」

デイルは、リィラをまじまじと見た。

それに対して答えたのは、セドリックだ。

「不思議だろうとは思う。普通、貴族令嬢が領地の運営までは手を出さないものだからな」

セドリックの祖母のように、夫人が夫の死後に指揮を執ることはあるけれど、ほとんどは家令に任せてしまうのだ。

「リィラ殿はお父上がご病気だったため、代理で統治されていらっしゃったのでしょうか？」

「ええと、そんな感じです」

ギャンブルにおぼれるのも、病気と言えば病気だろう。

「帳簿などについては、家令から教わりました。領地が小さかったため、こちらの公爵家の全体の帳簿とは扱う数字も小さくて自慢にはなりませんが……。その分、村ごとの税についても自分でやりとりしていましたし、村からの嘆願の処理などもしておりました」

細かな話をすると、デイルはぱっと顔を輝かせた。リィラが経験者だと確信できたのだろう。

そのまま矢継ぎ早に質問をしてくる。

「開拓村の運営についてはどれくらいご存じで？」

「私の領地では開拓をするほどの土地がありませんでしたが、獣害で人が逃げてしまった村に、近くの町から入植する人々を募り、もう一度立ち上げてもらう指示と、それにまつわる減税の措置などもいたしました」

「ほうほう」

「治水に関する書類や、害獣駆除について、王国騎士団への依頼の経験もございます」

「害獣への対応もご経験済みとは、心強いことです。私は執事として館の中の管理ばかりしていたため、そちらに明るくなくて……」

デイルは公爵家の館で生まれ育ち、内向きのことをしてきたらしい。

そのためパーティーなどの行事、館の食料の管理などといったことには自信があるが、村の運営については話に聞いただけのようだ。

「本来なら、経験者である者が来て、私も習いながら運営にたずさわる予定でしたが、色々とあって上手くいかず、困っているところでした」

そしてデイルが一礼した。

「ぜひぜひお手伝い……どころか、私にも領地運営についてご教授ください」

無事デイルに認めてもらえて、リィラはほっとしたのだった。

「ありがとうございます。がんばります」

そう応じた時だった。

デイルの部屋の扉をノックする人がいた。

「在室していますよ」

デイルが応えると、入ってきたのは一人の青年だった。

赤毛を肩まで伸ばしている青年は、セドリックよりも年上に見える。そんな彼は、刺繍の縁取りがある裾長のベストを羽織っているが、質もいいことから使用人ではなさそうだが。

「アーロン殿か」

「村内の見回り、完了しましたよっ、御曹司殿！　畑の状況をまとめたものをどうぞ。以前はけっこう色々育てていたみたいなんですがね、雑草なんかがひどくって。まぁ、開墾するよりはマシな状態かなって思います」

「ご尽力感謝します」

（……この人は、公爵家の分家の人？）

随分砕けた話し方をするこの人に、セドリックが多少丁寧な対応をしているのと、デイルが立って出迎えたことからそう推測する。

するとアーロンという人が、リィラの方を向いた。

「初めて見る女の子だなぁ、村の人？」

にこっと人懐こい笑みを見せられ、リィラもなんとなく微笑み返す。

でも返事をしたのはセドリックだった。

「うちの村人です。侍女として取り立てることになりました。主な仕事はデイルの補佐です」

セドリックは、自分の補佐ということを他人には隠したいようだ。一応信頼して仕事を任せているようだけど、真実全てを明かせるのは、デイルだけだと思っている……？

（きっと、ランバート公爵家へ戻ってから苦労されたのね）

親切そうな顔をして近づいておいて、情報を手に入れたら裏切る人は意外と多い。そんな感じで、セドリックは何度も傷ついたのかもしれない。

そう思うと、リィラはセドリックが気の毒になった。

「え、女の子を？」

補佐官の手伝いに女性を採用したことに、アーロンはびっくりしたようだ。

「読み書き計算ができるので、デイルの書類作りの手伝いをしてもらうつもりです。でも、デイルがいる間だけの補佐ですから、俺の侍女という形で雇います」

「なるほどねぇ。短期なら侍女の方がいいなぁと僕でも思いますよ」

アーロンも、侍女という立場を与えることに納得してくれた。

続いてセドリックは、リィラにアーロンを紹介してくれた。

「彼は公爵家の分家の人間で、バレンヌ男爵位を持っているアーロンです。農業についての知識に明るくて、今回の再開拓についての補佐をしてくれています」

「リィラと申します。よろしくお願いいたします、アーロン様」

リィラが一礼すると、アーロンが少しびっくりした顔をした後で手を差し出した。

「よろしくねっ、リィラちゃん」

（リィラちゃん……？）

手を差し出されたリィラは、初対面から馴(な)れ馴れしい呼び方に内心で引きながらも、その手を握り返すしかない。

　相手は貴族で、機嫌を損ねたらリィラにどんな罪状もつけられるから。

（セドリック様は助けてくれるだろうけど、迷惑はかけたくないわ）

　リィラは不快感を表情に出さないようにしたものの、その時アーロンが面白いものを見た、という表情をした。

「そんなに緊張しなくていいんだよ？　僕が貴族だからかな？　子ネズミみたいに怯えるなんて、可愛いね。君みたいな女性が側にいてくれると、仕事がはかどりそうだ」

「………恐縮でございます」

　リィラは絞り出すように返した。

　アーロンにとってはお世辞なのかもしれない。でも仕事をはかどらせるために女性の中から自分が採用されたわけではないため、返事に困るのだ。

（それにしても、子ネズミ……？）

　他人からだと、自分はそう見えるのだろうか、とリィラは内心で首をかしげる。

　困惑しているうちに、アーロンは部屋を出ていく。

　ほっとしていたら、セドリックが耳元でささやいた。

「あなたはどちらかというと、猫のような人ですよ」

「……はい？」

リィラは首をかしげた。公爵家では他人を動物にたとえるのが流行っているのだろうか。

でもまぁ、厄介者だと言われるネズミよりはいいかもしれない、と感じた。

「ありがとうございます？」

お礼を言うと、セドリックが苦笑いしながら促してきた。

「とりあえず、部屋に案内します。その部屋へ今日から引っ越してください。リィラ殿の詳しい仕事内容を他に知られないためにも、この館の中で暮らしていただきたい」

「わかりました」

セドリックの提案はもっともな話だ。

バーサたちと暮らしたままでは、緊急時の対応も難しくなるだろう。

引っ越すことに同意したリィラは、まずバーサに知らせに行くことにした。

バーサを探すと、村の女性たちと一緒にいた。

空き家に集まって、村近くに生えていた柳を使ってカゴを編み始めていたようだ。

そんなバーサに引っ越しとセドリックの侍女になる件を話す。必然的に他の女性たちにも知らせることになったのだが、バーサと一緒に歓声を上げてくれた。

「すごい大出世だね！」

「さすがオオカミを退けただけあるよ！」

「いやぁ、なかなかご領主様も隅に置けない」

一部おかしな感想もあったが、みんな喜んでくれたことにリィラはほっとする。

彼女たちはそのまま、引っ越しの手伝いをしてくれた。

荷物は衣類とわずかな装飾品だけで、少し大きな鞄二つに収まった。

なので、引っ越しはすぐ終わると思ったのだ。でも村長の家への移動時にバーサが他の女性たちとこそこそ話をした結果、引っ越しはだんだん大がかりなものになっていく。

領主の館へ到着すると、部屋を教えるためにデイルが待っていてくれた。

そんなデイルに、バーサが部屋を見るなり要求した。

「家具が足りないね。補佐官様、他の空き部屋から移動させてもいいんじゃないですか？　なにせ女性で滞在するのはうちのリィラだけなんです。男はそれほど必要ないでしょうが、女性はなにかと持ち物が増えやすいんですよ」

「わ、わかった」

デイルの了承を得て、応援を頼まれた兵士の手によって、別室から衣装棚が持ち込まれる。

「ほら、カーテンもきれいなものにしておこうね！」

「うちのベッドカバーはどうだい？　ご祝儀に受け取ってもらうよ！」

家具を移動している間に、女性たちが一度家に戻り、持ち込んだものを設置していく。

ベッドにはリィラが持っていなかった可愛らしいパッチワークのベッドカバーがかけられ、

薄緑色のカーテンが現れて、小さな机の上には花瓶と花が置かれる。

「そこまでしなくても……」

とリィラは言いかけたが、笑顔のバーサに押し切られた。

「いやいや必要だよ。ご領主様の側にいる人間が、みすぼらしくしてちゃいけないからね。あと、侍女はメイドよりも上等な服を着てるもんなんだろう？　妹から聞いたことがあるよ！」

「まぁ、一般的には……」

一応、メイドよりは上級職だ。リィラがうなずくと、バーサが家から持ってきた少し大きな鞄を開けた。

そして中から、あざやかな赤の美しい布を取り出す。

「え、あ、それは……」

「あんたが以前着ていたやつだよ。売ってくれって言われたけど、もったいなくてとっといたんだけどね。役に立つ時が来て良かった」

バーサが寝台の上に広げたのは、絹糸を使ったドレスの、スカート部分だ。

リィラが以前持っていた物の中で、数少ない上等だったドレスの一つ。

人と会う時のため、母のおさがりを渡されていたのだが、リィラはそれを着て領地の視察などへ出ていた。スカート部と上着が分離できる形のため、管理や着替えが楽だったから。

家を出る時に持ち出したこれを、生活費の足しにしてほしいとバーサに渡していたのだけど。

（まだ売ってなかったのね、バーサさん）

大事にとってあるとは思いもしなかった。銀の装飾もそのままだ。

「ご領主様にさっき、侍女らしい服装はないかと尋ねられてね。ちょうどこれがあるのを思い出したのさ」

「え、セドリック様が……？」

自分の衣服を気にしているとは思わず、リィラはびっくりした。

そこに、仕立て屋のレナが新たな鞄を持ってくる。

「これを預かっていたんだけど、ちょうど合うみたいだから着るべきよ、リィラ」

差し出したのは、これまたリィラがバーサに渡したはずの、真っ白なブラウスだ。

繊細なレースが使われていて、売れば高値になると思っていたのに、預かっていたとはどういうことだろう。

「さぁさぁ」

押しつけられて受け取ってしまったリィラだったが、村の中でこんなに綺麗な服を着ていては、何かあった時に作業できない。

「あの、あまりに綺麗すぎる服を着たら、身動きできなくなります……」

しかしレナは、にこにこでバーサと会話する。

「村の中にいて浮くと困りますから、真っ赤なドレスよりはブラウスとスカートって感じの方がいいと思うんですよ、バーサさん」

「その通りだよレナさん。髪色が薄いから、全身赤より白を入れた方がいいだろうしねぇ」

しかも他の女性たちまで、バーサの援護をし始めた。

「そうよねぇ、あんな男前のご領主様の側にいることになるんだし、見栄えを意識しないと」

「青のスカートも似合うんじゃないかしら？　レナさんのところにそういう布はある？」

「いっそ淡いベージュというのも綺麗に見えると思うわ。今度そういうワンピースを作って着せてもよさそう。着替えは必要でしょ？」

「いえ、あの、お金がありませんので……」

なんだか服を増やされそうになって、リィラは慌てて止めようとしたが、バーサがレナたちをたきつけた。

「衣服が一着ではいけないからね。もちろんご領主様には、着替えの費用も請求してほしいと言われているよ！　安心しな！」

金銭面でも外堀を埋められてしまった。

そのまま衣服談義が始まってしまい、リィラが口をはさむ余地がなくなる。

バーサたちは話しながらも手は止めず、荷物がほどかれて収納まで終わり、すぐに生活できるようになった。

「それじゃあ、着替えもあとで私たちがいいようにしてあげるから。あと、何かあったらすぐおいでね！」

バーサたちはそう言って部屋を出ていく。

嵐（あらし）のような時間の後、様子を見に来て圧倒されていたデイルが、ぽつりとつぶやいた。

「……なんというか、開拓村に入植しようとするだけあって、すごいですね」

「体力勝負ですから……」

そう答えつつ、リィラは寝台に広げられたままの服に目をやる。

「でも、やっぱり派手なような気が」

着るのはよそうと思ったのだが、そこでデイルがぽんと手を打つ。

「そういえば、セドリック様がリィラ様の衣装についてお命じになっていました」

「え？」

「元貴族令嬢のリィラ様に、ふさわしいドレスを新調するようにと……」

「いえいえいえいえ、それはいらないです！」

貴族令嬢みたいなドレスとなったら、バーサがとっておいてくれたスカートどころの話ではなくなる。畑の中で、極彩色の鳥が躍っているくらいに派手になるから、勘弁してほしい。

「では、その衣服で了承いただけるか、セドリック様に確認しておきます」

「ぜひそうしてください、よろしくお願いいたします」

リィラが頭を下げると、デイルはうなずいて部屋を出ていった。

一人きりになって、リィラは息をつく。

予想よりも引っ越しで疲れた気がする。

「でも……」

もう一度、バーサがとっておいてくれた服を見て、くすぐったい気持ちになった。

この村に来て良かった、と思う。

沢山の人に囲まれて、心配されて、手伝ってもらって、自分はちゃんと村人の一人になれていたんだと実感したのだ。

(みんなのためにも、できるだけ早く村の状態を整えなくちゃ)

セドリックがいる期間はそう長くないはずだ。

具体的に言うと、この周辺の安全を確認し、村人だけで村を存続させられるところまで道筋をつけ、新しい村長を任命するまで、だ。

それを手伝うことで、みんなが安心できるようにしたい、とリィラは思うのだった。

※※※

「いやぁ、今日だけでも随分はかどりましたねぇ。領主様がもう一人いるようで、安心して仕事ができるのも嬉しいですよ」

夕食後、セドリックの部屋へ報告にやってきたデイルは上機嫌だった。

リィラに相談した結果、あれもこれも方針が決まったのが嬉しかったらしい。

「村を囲む柵とかには気を払っていたんですが、水場が近い場所は水はけを確認するとか、洪水の痕跡がないか探しておくとか、備蓄用の倉庫なんかについてとか、色々気にするところが沢山あるようで」

セドリックはうなずく。

「そうだな。俺も村の立ち上げに何が必要かなんて考えたことがなかった。多少は知識を頭に詰め込んできたつもりだったが……」

実際に来てみると、思う通りにいかないことだらけだ。

デイルはそこで、ちょっとうなだれた。

「本当は、前家令補佐が来てくれたらよかったんですが」

「骨折させられては無理だったからな」

最も必要だった人物は、夜に道を歩いている時に、見知らぬ者たちに襲われて怪我をさせられたのだ。本人はそれでも行くと言っていたが、実行していたら殺されていたかもしれない。

「リィラ様が現れたのは、まさに神の配剤です。むしろ、彼女に代理の領主という形で、おおっぴらに活動してもらえないのが悔しいくらいです」

「デイル、彼女を『様』づけで呼ばないように。元の身分を誰にでも知られるのはあまり良くない。今回連れて来た兵士たちの中にも、公爵家を乗っ取りたい人間の手が伸びている可能性があるからな。そのために、彼女が建前で使っていた設定――商家の娘だったが両親を亡くし、今は遠縁の大工の夫婦にやっかいになっている――という話を忘れないように」

「承知いたしました。では……『殿』でいかがでしょう？」

「そうだな。あと、衣服の件は良くやった。感謝する。おかげでリィラ殿にすこしは令嬢らしい服装をしていただけるようになった」

セドリックが礼を言うと、デイルは頭をかきながら言った。

「いえ。リィラ殿の保護者が、良い物を用意していましたから、それに便乗できたのは幸運でしたが……。でも発注はなさるんですよね？」

セドリックはうなずいた。

「すでにバーサ殿とは話をつけてある。寸法なども彼女から仕立て屋に頼んである」

「一つだけ不安なのですが……」

「何だ？」

デイルが不安に思うとは、何だろうとセドリックは尋ねる。

「リィラ殿は華美なものを喜んでいらっしゃらないように見受けられます。貴族令嬢らしいドレスでは気おくれなさって、受け取らない選択をされそうな気がします」

セドリックはその様子がありありと思い浮かんだ。

生育環境的に、贅沢がゆるされなかった彼女だからこそ、華美さを怖がるだろう。

そしてセドリックは、嫌がらせをしたいわけではない。

「それなら、今日着ていた服の替えだと思えるようなものを、質の高いもので用意するまで」

「はい。それでしたら、否とはおっしゃらないかと」

デイルにも太鼓判を押してもらって、セドリックは安心した。

「ではまた明日。失礼いたします」

デイルが一礼して部屋を出ていった。

一人になったセドリックは、椅子に深く腰かけて小さく息をつく。

「これでようやく……浸れる」

目を閉じると思い出すのは、午後になって一緒の執務室で仕事を始めたリィラの姿だ。

リィラは、繊細な作りのブラウスと品の良いスカートを身に着けていた。

久々に見た令嬢らしい姿に、セドリックは思わず見とれそうになったのだ。

「あの、このような格好で失礼します」

と言いながら、恥ずかしそうにしていた表情も良かった。

なにより、リィラを水仕事などから解放してやれたことが嬉しい。

(いくらメイドのようなことをしていて慣れているとはいえ、彼女は貴族令嬢だ。むしろ、今までできなかった、守られた生活ができるようにしたかったのだから)

以前から、セドリックは彼女を救い出したいと願っていた。

一部は叶えられたとはいえ、まだ不十分すぎる。

でも今は、彼女を侍女という形で側において、厚遇することしかできない。

せいぜい裕福な村娘ぐらいの生活しかさせてやれないことが、心苦しかった。

「ここで出会えるとわかっていたら、私財で馬車六台分は衣服や食料を持ってきて、いつでも必要なものが取り寄せられるように、行き来させる人員も確保してきたというのに……」

入植に、必要な分しか持ってこなかったのが悔やまれる。

彼女の存在に気づいて、すぐに追加を祖母に頼んだセドリックだったが、それが到着するのはまだ先だ。

あともう一つ問題なのは、リィラがすんなり受け取ってくれるかどうかだ。

しかし先ほど顔を合わせた大工の妻バーサは「衣服を贈りたいのなら、声をかけていただければ様々な口実でリィラに着せてみせますよ！」と言ってくれた。

「渡す時は『ご領主様の贈り物』だと知らせておきます。そうしたら感謝したリィラは、セドリック様にさらに好意を持つでしょう。そういう感じで進めましょうね！」

と、言ってくれた。その通りになったらいいな、とセドリックも思うが……。

「リィラ殿は、恵んでもらったからと異性を好きになる人ではない」

そこが問題だ。堅物だからこそ、むしろお返しをしなければと、給料の返上を求めてきそうなのだ。その時のために、すんなりと受け取ってくれる言い訳を考えておくべきだろう。

頭の中であれこれと考えをめぐらせる。

そうこうしているうちに、館の周囲を守る兵士の声が聞こえた。

交代の時間らしい。夜もさらに更けてしまったようだ。

「彼女も、もう眠っただろうか」

今日はきっと疲れただろう。

オオカミの出没は予想していた。そんなセドリックも、村に侵入し、あまつさえ魔獣との子がいたあげく、その前にリィラが立ちふさがるとは想像もしなかったのだ。

「そう、彼女は胆力もある人なんだよな……」

オオカミ除けを持っていても、武器もないままオオカミの前に立つことができる者は多くない。

でもリィラはそれを平気でやってしまう。

――初めて会った時もそうだった。

リィラはオオカミに囲まれたセドリックたち十数人の騎士を見つけると、馬車から降り、オオカミたちを堂々と追い払ったのだ。

セドリックどころか騎士たち全員が呆然とした。

あの頃のリィラはまだ十五歳。そんな年若い令嬢に救われたのだから。

その時からもう、彼女は他の人とは比べものにならない特別な人になったのだ。

さらに同行している間に知った、彼女の領主としての能力の高さ。そして淡々と仕事を進めていくところにほれ込んだのだけど……。

(素晴らしい人だというのに、生まれた場所や環境がひどかったことが悔やまれるばかりだ)

後日、メルディエ子爵家について調べれば調べるほど、セドリックは彼女が気の毒になった。

どんな才能を持っていても、両親によって領地から外へ出ることを阻止され、社交もできなければ、誰も彼女の素晴らしさを知ることができない。

自ら飛び出そうとしても、この王国の貴族は、親の権利が強すぎる。

親が連れ戻しに来たなら、誰かが養女にしようにも取り戻されてしまう。

借金をさせる駒としか考えていないリィラの両親が、手放すわけもなかった。

だからセドリックは、彼女が結婚できる年齢になるのを待っていた。十七歳になれば、結婚という形でリィラを連れ出しても、両親が彼女を連れ戻すことはできなくなる。

彼女の庇護者が結婚相手になるからだ。

でも相手となるセドリックが平民では、結婚を無効にされかねない。

そのために、最低でも騎士爵が必要だった。

決意したセドリックは、功績を上げるために魔獣討伐へ積極的に参加したのだが……。

(途中で、それもままならなくなった)

養父の死があり、続けて公爵家の人間だと発覚したからだ。

が、公爵家の子息として認められれば、リィラのことも解決できる。

公爵家の子息ならリィラに堂々と求婚できるし、駆け落ちをしなくてもいい。

メルディエ子爵たちが結婚に乗じて金銭をたかろうとしても、排除できる力も得られる。

だからあと少しだけ、待っていてほしいと願っていたのに……。

公爵家でのことに忙殺されているうちに、リィラの状況が激変してしまった。

しかも、子爵家の館を出た後のリィラの足取りがつかめなくなったのだ。

祖母に頼んでリィラを探してもらっていたものの、すでに村の開拓へ行くことになっていた
セドリックは、自分では探しに行けずにいたのだが……。

「ここで再会できるとは予想外だったけど、運命かもしれない」

セドリックはぐっと拳を握り締めた。

見つけた以上、彼女のためにできることを全てするのみ。

彼女の名誉を回復させて、普通の貴族としての生活をさせたい。そのためにもやるべきこと
は一つだ。

「なんとしても、結婚まで持ち込む」

セドリックは決意を口にした。

今回は断られてしまったが、リィラを側に置く名目はできた。

一緒にいることに慣れてもらいつつ、自分に気持ちを向けてもらえるようにするのだ。

「協力者もいる今こそ、最大の機会のはず」

なによりも最も気にするべきことがあった。

「……辺境でも、やっぱり彼女は輝いてる。このままでは誰かに取られてしまうかもしれない。そんなことに今頃気づくなんてな」

セドリックは、頭を抱えた。

騎士の誓いをした時は、ただただリィラの素晴らしさに感動したからだ、と自分では思っていた。だからこそ、身分を得て、それから迎えに行こうという悠長なことができたのだ。

再会して、久々に見た彼女は以前よりも綺麗に見えて、セドリックは戸惑った。

次に、他の男性と会話するリィラを見て焦った。

このままでは誰かに取られてしまう……と。

そこに至って、ようやくセドリックは気づいたのだ。

(俺は、彼女が好きだったのか、と)

他の女性に心が動かないから、リィラを救うために彼女と結婚しても問題ないとだけ思っていたが、そんなものではなかった。

「ただ、彼女以外は好きになれなかっただけだったんだ……」

でも気づいたのが、今で良かったとも思う。

幸いなことに、彼女は独り身だ。

「必ず結婚してみせる。そして……」

思い浮かべるのは、リィラが白い婚礼衣装を着た姿だ。

豪華な婚礼衣装にしよう。桜色の髪と白いベールに合わせるティアラは、何の宝石で作ろうか。白いドレスには当然金剛石をちりばめなくては。

リィラはきっと「こんなに豪華にする必要はないですし、重たいです」と言うだろうと想像してみたりもした。

「そうだ、諦めるものか。ただ慎重にいかなければ。まずは彼女の心を引き寄せたい。それから彼女の意向に沿って養子縁組やら結婚のことをすすめなければ、おそらくリィラ殿は反発するだろう」

セドリックはそれからしばらく、リィラに振り向いてもらう方法を考え続けていたのだった。

二章　近づく不穏の足音

村に住み始めて三日で、リィラの日常は様変わりした。

「昨日まで、朝はむき出しの屋根の骨組みが見えていたんだけど」

今の部屋は、天井が漆喰で白く塗られている。

こんな天井を見るのは、実家の自室で寝起きしていた頃以来だ。

「一か月……二か月ぶりかしら」

この村の家々は、雨風をしのげるだけの簡素なものが多い。だから白漆喰の天井のある家は、村長用の館だけだった。

「集会場も避難所も兼ねてるから、この館は最初からしっかりと造ったからよね」

そんなことを考えつつ、リィラは身を起こした。

カーテンを開け、木窓を開けるとようやく外の景色が見える。

近くに見える山々の緑がまぶしい。でも日の出を迎えたばかりなのか太陽の位置が低い。

「使用人としては、ちょうどいい時間に起きられたみたい」

リィラはさっそく活動することにした。

昨日からリィラは侍女になったのだ。

領主の補佐だけしてくれればいいと言われていたが、メイドもいないから、セドリックの朝の身支度についても自分の仕事の範疇だと思うので、そうすることにする。

前日のうちに自分で用意しておいた水を使って身支度をしたリィラは、セドリックの部屋に向かう。

「まずは、朝のうちに手伝うことがないか聞いてきましょうか」

本来、女性貴族の話し相手やつき添いをするのが侍女だ。

身支度までは手伝わなくてもいい。

それに男性貴族の側につき従うなら従者をつけるのが普通である。でもセドリックは、従者を連れ歩いていないようだった。それならリィラが気を遣っても、誰かの仕事の邪魔にならないだろう。

部屋に到着したので、扉をノックする。

「デイルか？」

セドリックの声が応じた。

「いいえ。リィラです」

「えっ、あっ⁉」

とたんに中がバタバタと騒がしくなる。

何か問題でも起こったのだろうか？　心配になったものの、先にセドリックが扉を開けてくれた。

「あ、本当にリィラ殿……」

つぶやくセドリックは、上半身は素肌の上に簡素なシャツを羽織っただけの姿だった。

（しまった、着替えの途中だったのね！）

とたんにリィラは慌てた。

でもどうしてだろう、妙に目がひきつけられてしまう。

鍛えているけれど白い肌には、ところどころ深い傷跡がある。厳しい訓練や戦いの結果だろう。

でもそれを辛そうと感じないのは、予想以上にしっかりとした筋肉があるからだ。

動作をするたびに盛り上がる様子に、ようやくリィラは視線をそらした。

（……なんだか、ちょっと生々しいというか）

男性の彫像は見たことがあるのに、どうしてこう恥ずかしい気持ちになるんだろう。

と同時に、ずっと昔、天使の像なるものを購入した実母が、飾られた上半身半裸の男性天使の像を見て頰を染めていたことを思い出した。

（あれは、こういうことだったのね）

異性の素肌を見ると『いけないものを見ている』気分になった。たぶん、実母は同じことを

像に感じていたのだろう。

――見たいけど、見てはいけないこの気持ちを。

だからなのか、妙にセドリックが艶めかしい気がして、落ち着かない。

すると、セドリックが質問してきた。

「どうしてここに？」

「メイドや従者もいらっしゃらないと聞いて、朝のお手伝いが必要かと……えっと」

こんなドキドキした状態で、朝の着替えの手伝いを……なんて言い出すのは無理だ。

他の仕事を頭の中で必死に考え、リィラは口にした。

「お、お茶はいかがですか？」

貴族は寝起きにお茶をたしなむ習慣がある。リィラはそれを思い出して言ってみた。

「では、少し話したいこともありますし、リィラ殿の分も持ってきていただけますか？」

「承知いたしました」

リィラは早速、部屋を出て、階下の台所へ向かった。

誰もいなかったので桶を持って井戸へ行き、水を汲む。それを台所の乾かしておいた水がめに入れ、必要な分を薬缶に入れた。

おこした火で湯が沸いた頃、料理担当の女性がやってきた。

「あらリィラちゃん。火をおこしてくれてたの？」

料理担当は、木こりの夫を持つアンナだった。夫と成人した息子と一緒に、一家で移住してきた人である。

彼女は赤茶の髪をぎゅっと丸くまとめて、黒のスカーフをしていた。エプロンも長く使えるように、汚れが目立たない黒だ。

アンナの服装を見て、リィラは急に自分の服装を思い出してうろたえる。

（やっぱりこの服、ほぼドレスだからみんなの中では浮くんじゃないかしら？）

台所に出入りするには場違いな服に思えて、リィラは落ち着かないながらも挨拶をした。

「アンナさん、おはようございます。領主様がお茶を飲まれるそうで、勝手に火をつけてしまいました」

「ありがとう、手間がはぶけたわ。それにしても、ご領主様は朝が早いみたいねぇ」

考えてみれば、まだ朝日が出て少しの時間しか経ってない。

「私もびっくりしました。でも食事は後でいいみたいです。急がなくても大丈夫ですよ」

「そうなの？　なら、昨日と同じぐらいの時間でいいかしら」

そのままアンナは食事の支度を始めた。

リィラはお茶の葉を入れたポットにお湯を注いで、他の物と一緒に運ぶ。

もう一度セドリックの部屋の扉をノックした。

「どうぞ」

今度は落ち着いた声でセドリックが返事をしてくれる。

「失礼します」

リィラが中へ入ると、セドリックはきっちりと衣服を着替え、いつもの騎士のような服を着て待っていた。

リィラはほっとする。男性の素肌を見るのは、やっぱり緊張してしまうから。

そして昨日も見てはいたが、セドリックの部屋はリィラの部屋より少しだけ広い。

さらに寝室が別になっていて、内側の扉でつながっていた。

居室にする方を、セドリックは執務室として使っているのだが、ソファを置いたりする場所には机がいくつか置かれて、紙の束や、綴じた書類も部屋の隅に積んだままだ。

どちらかというと、作業部屋と言った方がいい状態だ。

（あとで許可をいただいて片づけよう）

そう考えつつ、リィラはお茶の用意を終える。

セドリックが近くの机の前に座ったところで、さっとその前に茶器を置いた。

「リィラ殿もご自分のお茶を入れて、その椅子にお座りください」

セドリックにすすめられ、リィラはお言葉に甘えさせてもらう。

座ったところで、セドリックがちょっと緊張したようにお茶をする。

リィラも、（話ってなんだろう？）と思いつつ、お茶を口にした。

朝起きて間もない体に、温かいお茶がしみていく。ほっとするリィラに、ようやくセドリックが口を開いた。

「ええと、朝からお気遣いいただいてすみません」

「いいえ。差し出がましいことをいたしました」

「差し出がましいなんて！　こ、光栄でした」

光栄とは？　と、リィラは頭の中に（？）が浮かぶ。

「ええと、お茶を運んでくださるのはありがたかったです。従者を連れてこないと決めた時に、別に問題はないと思っていたのですが、ないとさみしく思うほど、習慣になっていたようです。公爵家で普通の貴族のように過ごすようになってからついた習慣だったのですが……」

しどろもどろのセドリックの言葉に、お茶を運んだのが嬉しかったのはわかった。

「なぜ、メイドどころか従者までお連れにならなかったのか、聞いてもよろしいでしょうか？」

リィラとしては、公爵家の唯一の嫡男なら、それなりの数を連れ歩くと思っていたのだ。

「従者たちが辺境の村へ行きたくなさそうだったのと、俺に反発している分家の息がかかっている者だったんです。それでその従者を解雇しまして。あと、以前は朝の目覚めの頃からかまわれたりしていませんでしたから、気軽に過ごせるだろうと思ったもので」

セドリックの理由を聞いて、なるほどとリィラは思う。

一騎士として過ごしていた彼は、公爵家の子息としての生活に少し疲れていたのだ。

辺境の村なら、以前のようにざっくばらんに過ごしても構わないだろうと、使用人もあえて連れてこなかったということらしい。

「では、朝はお起こししない方がいいですか？」

リィラがそう聞くと、セドリックは首を横に振った。

「そんなことはありません、むしろ、朝に最初に見られるのがリィラ殿のお顔なら一番です」

「えっ」

驚きの声が口をついて出た。

「あっ」

セドリックも自分が言ったことを自覚したようで、視線をさまよわせた後、ごまかすようにお茶をぐいっとあおった。

「ええと、嬉しいのはたしかですが、そこまでしていただかなくとも大丈夫です。それに、リィラ殿の仕事は村の運営に関することですから」

「は、はい」

しばらくお互いになんとなくもじもじしてしまう。

（なぜ気まずいのかしら……）

考えたリィラは、今までの自分は、異性から好意的な言葉を向けられたことがなかったせいだ、と気づいた。

実家にも多少なりと男性使用人はいたけれど、どの人もリィラを恋愛対象として見たことはなかったのだ。

なにせリィラは令嬢だけど、手を出したところでうまみのない立場だ。貢がせるために近づく男性すらいないのは、良かったのかもしれないが。

しかもセドリックはとても立派な人であり、容姿もすぐれている。

そんな人に甘い言葉を告げられたら、意識はしてしまう。

（うん、そういうことよね）

結論が出て、少し心が落ち着いたところで、セドリックに尋ねる。

「お仕事ですが、昨日のような書類仕事以外は、セドリック様について回るだけでよろしいでしょうか？」

昨日はそう聞いたが、どこまでつき添っていいのかわからない。リィラは詳細を詰めておくことにする。

セドリックも仕事の話になったからか、表情が落ち着いた。

「はい、村の見回りなどについてきていただきたいと思います。改善点や手を入れるべきところなどを、指摘していただければと……。ただ村の外は危険です。必要がない限りは同行されなくても大丈夫です」

うんうんとうなずいたリィラは、もう一口お茶を飲んでから言う。

「昨日、聞きそびれてしまいましたが、セドリック様としてはこの村をどういった形で発展させていきたいとお考えですか？」

リィラはここの土地に詳しくないし、魔獣のせいで放棄される前は、どんな目的で開拓された場所だったのかも詳しくは知らないのだ。

でも村の運営をしていく立場なら、先々のことを考えておく必要がある。

「以前、放棄される前には、近くで鉄がとれるという話があったそうで。その足がかりの中継点にする予定で、この村の開拓を始めたのです」

「なるほど。では、鉄が産出する山の近くにも、同時に村を作っていたわけですか？」

「村の開拓が落ち着いてすぐに、山の方に採掘場を作り、その近くに小さな村を建設する予定だったそうですが……。それを実行する年になって魔獣が出たようで。そのためこの村の人々は避難し、開拓も頓挫してしまいました」

「それは残念ですね」

鉄は色々な物に使える。武器だけではなく、クギや鍋(なべ)にも使う資源だ。

採掘できれば、公爵家がますます潤うだろう。

採掘場の中継点として、この村も間違いなく発展したはずだ。

「とすると、いずれ鉱山で働く人が寝泊まりする場所や、鉄を運んだり買いつけに来る商人用の宿泊場所なども整備が必要ですね。そして沢山行き交うことになる人のお腹を満たせるだけの、食料生産力も」

「おっしゃる通りです」

セドリックがうなずくと、リィラは笑う。

「セドリック様、私に敬語を使ってはいけません。今の私は、ただの平民なんですよ？」

「……どうも慣れなくて。ずっとリィラ殿のことを我が姫と思っていましたから」

我が姫、という言葉にリィラはドキッとする。

貴族令嬢だと認識できるのが、領地の運営にたずさわっている時だけという人生を送ってきたリィラにとって、姫と呼ばれるのは夢の世界の出来事みたいなものなのだ。

ふわふわとした気分になりそうで、うろたえてしまう。

「ええと、その。でも領主様が侍女をそう呼んでいるとおかしいと思います……」

「人前では直します。二人きりの場ではお許しください」

だからか、セドリックにそう言われてしまうと、嫌とは言いにくかった。

「わかりました。それで……直近で重要なのは、村人の食料確保ですね。天候の不順や、熊などの猛獣が出たりすると、直前になってから仕入れるのは難しいですから、常に確保し続ける必要があります」

リィラは慌てて仕事の話に切り替えた。

セドリックはうなずいてくれる。

「はい。俺も一定量は確保しましたが、実際の村の自給自足能力がわからなかったため、足りているか確認が必要かと思います」

「そうですね。多すぎて腐らせてしまうようなやりくりの仕方では、公爵家の財政的にも良くありませんし、確認しましょう。同時に、周辺の調査をしましょう」

「周辺というと、採取で食料がまかなえるかどうかですか？」

セドリックの問いに、リィラは「はい」と答えた。

「果樹があるかとか、魚が釣れるかどうかも見てもらえるでしょうか？　あと、林の中に蔓キャベツの群生地があったら、村の近くに移植したいですね。天候不順で野菜が収穫できなくても、あれとキノコがあれば多少はなんとかなります」

蔓キャベツは、木に巻きついて伸びる蔓に丸いキャベツのような野菜ができる作物だ。多少の渇水や高温や低温にも強いので農村では必須の作物だったりする。

ただ他の土地に移植しようとしてもうまくいかない。だから近くに自生しているものを増やすのが蔓キャベツの標準的な栽培法だ。

セドリックは上着のポケットからメモを取り出し、黒炭のペンで記録し始めた。

「そういえば、魚なら冬になっても釣れる可能性がありますね」

彼の言葉に、リィラは微笑んだ。

「はい。釣れれば冬になっても良い食料になります。冬の狩りは大変ですし、豚や牛を飼うにしても、こちらも飼い葉などが必要ですから、一気に数は増やせません。なので、魚が捕れると嬉しいです」

家畜をむやみに増やしても、周辺の草を食べつくしてしまう。それに豚や牛を熊などから守るため、人が必要になってしまうのも厳しい。

たった五十人しかいない今の村では、一か所だけに人員を集中できないのだ。

「果物なども病気の予防に必要です。そのようなわけで……今最も急いで探すべきは、蔓キャベツと果樹、魚ですね。そして探索の時に狩りをしてください」

リィラは頭の中で計算しつつ、セドリックに方針を語る。

「特に蔓キャベツが見つかれば、麦にふりわけられる畑の範囲が広がります。キャベツは林で育てられるわけですから」

「なるほど」

セドリックは真面目にメモをして、それから顔を上げて質問してきた。

「村の中に関してはいかがですか？　今の状態でリィラ殿は気になることがありませんか？」

尋ねられてリィラは考える。

「実は私、まだあまり村を見回っていないんです」

初日は家の壁をふさぐ作業と、荷物を片づけるだけで手一杯だった。昨日も薪を取りに行ったらオオカミの事件があって、それどころではなかったし。

「では、今日は村の中を見回ってみましょう。それが終わったら、午後から俺の方で村の外を見回ってきますので、デイルと屋内での仕事を頼みます」

「はい、承知いたしました」

方針が決まり、リィラはお茶を飲みほした。


そうしてリィラが部屋を出た後、セドリックはつぶやく。

「事故だったとはいえ、少しは意識……されたのか？　どうせなら好きだと言えば良かったか……いやいや、ここで押しすぎて引かれてしまっては困る」

目指すはリィラとの結婚だ。

そのためにも、慎重にいかなければと、セドリックは自分に言い聞かせるのだった。

※※※

朝食の後、リィラとセドリックは村の見回りに出た。

村はさほど大きくはない。

村長の館を中心に家が並ぶ箇所を抜けると農地が広がり、北側には薪割り場や倉庫、ゴミの収集場所などがあるだけだ。

住居の点検は大工のグレアムが済ませていたから、リィラたちは他の物を見回ることにした。

「ここで気にかけるべきは、どんな施設が残っているのか、使えるのかを判断すること。作らなければならない物がないかを確認することです」

リィラの言葉を聞きながら、セドリックが隣を歩く。

「村人に聞いてみてもいいのですか？」

「はい大丈夫です。ただ、その人が気になるものだけを言う人が多いはずです。村全体で緊急に必要なのか、少し後でもいいのかは、セドリック様が判断しなくてはなりません。だから意見は参考にとどめることが必要です」

答えたリィラは、申し訳ないながらも最後につけ加えた。

「あとセドリック様。私に敬語はちょっと……」

なにせ背後には兵士たちがついてきている。

リィラの服を見た時にも、目を見開いていたし、今も興味深々といった視線を感じる。

（そうなっても仕方ないわ。だって、侍女を急に雇うだけでも変なのに、令嬢みたいな綺麗(きれい)な服を着ることを許したり、あげくに私に対してだけ敬語を使っているのだもの……）

公子が村娘を丁重に扱うなんて異常事態だ。気になっても当然だろう。

それがわかっているからこそ、リィラは居心地の悪い視線を避けるため、セドリックに敬語をやめてほしいと訴えたのだが。

セドリックは涼しい笑顔で首を横に振った。

「申し訳ありません、どうしてもこの口調があなた相手には直らなくて……」

「でも、村娘にご領主様が敬語をお使いになるのは、不自然だと先ほども申し上げました」

もう一度説得しようとしたら、セドリックが言い訳をしてくる。

「これは、村を救ったあなたへの敬意の表れです」

「敬意……ですか？」

「オオカミの前に自ら進み出て、退けるなんてできる人はそんなにいませんよ」

セドリックの言葉に、一歩下がってついて来ている兵士たちも納得したようにうなずいている。

「他にもあなたを尊敬すべき点がありますが……」

「わ、わかりました。もう、もうご勘弁ください！」

これ以上賛美されたら、兵士の納得感は深まるだろうけど、リィラが恥ずかしくていたたまれなくなる。

止めると、セドリックは満足げな表情をしていた。

そうしてやや疲労を感じつつ、リィラは薪割り場へ到着した。

簡素な壁と屋根がある丸太を置く場所と、割って作った薪を積み上げる倉庫がある。

その前には薪割り台になる大きな丸太が置かれ、二人の男性が気持ちのいい音を響かせて斧で薪割りをしていた。

「屋根と壁は無事ですから、建物自体は大丈夫みたいですね」

リィラとセドリックは薪の倉庫を見回ってから、次へ向かった。

壊れた家の修復に、長い板が必要になってくるため、今日から伐採を行っているのだ。

その伐採場所の近くへ向かった。

村の出入り口からすぐの林で、数人が伐採を進めている。

伐採した木を置いているのは、屋根と枠組みだけがある建物だ。以前の住民も、ここへ一時的に木を保管していたのだろう。

「ただこれは、修理が必要そうですね」

「そうですね。屋根に穴が開いていると、伐った木が濡れてしまいますし」

木はなるべく乾燥したものを使いたい。あとで割れたり曲がったりしやすいからだ。

薪でさえ、爆ぜると危ないので乾いた木の方がいいのだ。

そのため雨で濡れないようにしたいところなのだが、急ぐものなのかどうか……それが問題だ。

「あとでグレアムさんに確認しましょう」

リィラは結論を先送りにした。

「次はあれですね。食料倉庫」

以前の開拓者も、ここで麦や野菜を作っていた。当然備蓄のため、倉庫を作っていたようだ。その倉庫は畑の近くにあった。半地下構造の倉庫の中をのぞいてみたのだが……。

「あ、これはちょっと厳しいですね」

一緒に見回りをしていた兵士が、先に中をのぞいてそう言った。

なにせ魔獣に襲われて逃げ出した村だったから、全て綺麗に掃除をしたり、持ち去ることができなかったのだろう。倉庫には腐った食品が残っていて、ネズミや虫が巣くっていたらしい。

二年経っているものの、臭いもひどいみたいだ。

「新しく建てた方がいいですか？」

セドリックの問いに、リィラはうなずく。

「その方が早いと思います。ネズミの死体もあるなら、掃除して使っても病気が出る可能性も高いですから。ここは潰して、早いうちに新しい物を建てましょう」

リィラの意見を聞いたセドリックは、メモに『貯蔵庫の新設、最速で』と書き込む。

それから畑を見回った。

畑仕事に必要な道具類については、農業に従事する村人に聞くことにした。

以前の村人が置き去りにしたものがいくらかあったようで、問題なかったようだ。すぐに予備の購入を考えたりしなくてもいいのは助かる。

「では、人手を集めて、貯蔵庫を新設しましょう。他のことはそれができるまでの間に検討するということで」

直近で必要な建築物の確認は終わった。

なのでリィラがそう言ったところで、どこからか「ひぃっ」と悲鳴が聞こえた。

すぐにセドリックが走り出した。

リィラも状況が知りたくて追いかけると――。

「ああ、やっぱり来たようですね」

立ち止まっていたセドリックが言う。

その視線の先、木こりたちの近くには、白いオオカミのブライルがおすわりをして待っていた。

「あ、あの……ご領主様」

「大丈夫だ、オオカミを手懐(てなず)けた者が来ている」

身動きもできずに震え声で問いかける木こりに、セドリックがリィラを指し示す。

リィラは彼らを安心させるためにも、足早にブライルに近寄る。

「今日も会いに来たの？　それとも何か用事が……」

問いかけたリィラは、途中で言葉を止める。

ブライルの後ろに、なぜか鹿(しか)が横たわっている。その上にはウサギが二羽。

当のブライルは、ほめられるのを期待するようにぱたぱたとしっぽを振っていた。

「セドリック様、あれはもしかして、オオカミが持ってきたのでしょうか？」

「……自分の主人への貢物、のようなものだと思います」

リィラの問いに、セドリックは自分の推測を語ってくれる。

「やっぱり、そうですよね……」

リィラは苦笑いした。

貢物なのは間違いないようだ。それでも一応確認しておこう。

「ええと、鹿とウサギを届けてくれたの？」

「ばう」

犬よりは低く響く声で返事がきて、しっぽがバタバタバタバタとせわしなく上下した。

間違いないらしい。

「ありがとう」

お礼を言うと、ブライルがリィラの方に歩いて来て、頭を足にこすりつけて甘える。

「なんかくすぐったい」

ちょっと撫でたりしてかまうと、ブライルはとても嬉しそうに目を細めた。

魔獣とオオカミの子だろうと思うのに、ブライルはやたらと人懐こい。そこが可愛いのだけど、リィラとしては（牙を持ってるだけでこんなに懐くものかしら？）と不思議には思う。

ひとしきり撫でられて満足したらしいブライルを見て、リィラは切り上げることにする。

「さ、これで今日はおしまい」

終了を告げると、ブライルがしょげてしまった。

「かわいそうだけど、そろそろ自分の群れのところへお帰りなさい」

「きゅーん」

「また明日、ね？」

リィラが説得するが、ブライルは悲し気な表情でリィラの足に鼻をくっつけて鳴く。

「あなたと一緒に村の中で過ごすのには、まだ準備が必要なのよ」

オオカミであるブライルのことを、村人が怖がっている。それにブライルの食事になりそうなほど大量の肉を村で用意するのは大変だ。

かといってリィラには狩りができない。

ブライルが自力調達するとしても、村をひっきりなしに出入りしていたら、それだけで村人が右往左往するのが目に見えている。それに村外から資材を運んできた人が、間違えてブライルを攻撃しかねない。

もろもろを考えると、もう少しブライルが村人になじんで、怖がらなくならないと……と思ってしまうのだ。

「さ、わがまま言わないで。あなたがまた会いに来てくれたら、すぐ私も駆けつけるから。

ね？」

言い聞かせると、ブライルはしぶしぶうなずき、おすわりの姿勢に戻った。

すると、後ろからつぶやきが聞こえた。

「かっこいい」

ぎょっとして振り向くと、少し離れた場所にいたセドリックがリィラをじっと見つめていた。

「えっ？」

リィラが疑問の声を出したことで、セドリックはつい内心を吐露したことに気づいたらしい。

「すみません、その、女性にかっこいいという表現は少し違いますよね？」

「いえ、表現は問題ないのですが、でも、私には身に余るお言葉です」

弁解したセドリックに首を横に振ると、セドリックが今度は真顔になった。

「魔獣の血が入っているだろう強大な獣を子供のように扱い、慈悲深く接することができる人はそうそういません。それに、リィラ殿はかっこいいですよ。昔から」

「えっと」

昔からというと、出会った時から？

まさかとは思うが、リィラがオオカミを追い払う品を持っていただけなのに、それでもかっこいいと感じたのだろうか。

（そもそも今のも、かっこいいとは違う気がするのだけど）

懐いている犬に話しかけているのと、同じだと思うのだが……。

(でも、私のしていることをほめてくれるのは、嬉しい)

考えてみれば、セドリックはよくリィラをほめてくれる人だった。

今まではほとんど手紙を読むだけだったから、実感が薄かったけれど。声で実際に聞くと、なんだかくすぐったい気持ちになる。

話しているうちに、セドリックが少し近づいていた。

とたんに「グルルルァ」とブライルが威嚇し始める。

「ブライル、村の人は誰であっても威嚇しちゃだめ」

リィラが慌ててたしなめると、「そんなぁ」と言わんばかりの表情でリィラを見上げた。

だけどセドリックには、チラチラと牙をむいて見せるのだ。

セドリックは難しい表情になるし、リィラもおろおろとしてしまう。

「どうしましょう。これではブライルが私を訪ねてくるたびに、村人を怯(おび)えさせてしまうかもしれません」

「…………」

セドリックはしばらく考えていた。

それから後ろにいた兵士に、一歩ブライルに近づくように言う。

セドリックが一歩下がった後で、兵士はおっかなびっくり近づく。

が、ブライルは特に威嚇もしない。

ツン、と無視しているような感じだ。

その様子を観察したセドリックが言った。

「理由がわかった気がします。少し村の外へついてきてくださいますか？」

頼まれたリィラは、ブライルや兵士たちと一緒に村の外へ出る。

少し開けた場所へ出たところで、セドリックは足を止めてブライルを手招きした。

「一度、決着をつけておこう。どちらが上か」

「えっ？」

リィラが戸惑っている間に、ブライルの方はやる気満々で、セドリックと相対する場所へ移動していく。代わりに兵士はセドリックから遠ざかった。

「セドリック様、何をなさるんですか？」

「ブライルは現在、リィラ殿しか上位の存在だと認めていないのです。けれどリィラ殿が不在の場合に何かあった時、俺がブライルに対応する可能性もあります」

「たしかに……」

オオカミ除けの詳細を知っているのも、リィラとセドリックだけなのだ。

「しかしブライルは俺を認めていません。他の者には攻撃的ではありませんが、それは自分より弱くて脅威にならないからでしかない。それでは万が一の時に、オオカミ除けを他人が借りたところで、素直に従うかわからないでしょう」

　セドリックが剣を抜く。

「だから、オオカミにとってわかりやすい方法で上下関係を決めておきます。少々離れて、結果をお待ちください」

「上下関係って」

　リィラは不安になる。

(ブライルが勝ってしまったらどうなるの⁉)

　セドリックが勝つなら、ブライルを制御できるようになるかもしれない。だけどブライルが勝ったら、それこそ抑えが利かなくなる恐れがある。

　とはいえ、双方ともやめる気が全くない。止める力もないリィラは、もはや静観するしかないと諦めて、セドリックとブライルから離れた。

「ブライル。お前の主が悲しむから、お互いに殺すのはなしだ。いいな？」

「ヴヴヴ」

　取り決めに応じるうなりを返すブライル。

　ブライルの爪が急に長く伸び出し、やる気があることを示していた。

　一人と一匹は身構え――数秒後、示し合わせたかのようにぶつかり合う。

　馬のように大きなブライルが、セドリックに襲いかかった。

獰猛な表情に、懐かれているリィラでも恐怖を感じた。
けれどセドリックは無表情のまま。
ブライルの牙を避けるように、懐に入ろうとする。
一方のブライルは、身をよじる動きでかわした。
決定打を互いに与えることなく、一瞬ごとに、二人の立ち位置が入れ替わる。
リィラだけではなく、兵士たちもかたずをのんで見守った。
何度目かの交差で、セドリックの剣がブライルの爪を受け止め、そのまま振り切る。
体勢を崩したブライルが、背中から落下した。
しかし、すぐに起き上がる。
が、その時にはセドリックが目の前に剣先をつきつけていた。
「そこまで！」
リィラが声を張り上げた。
セドリックとブライルが、同時に気を緩める。
ブライルはその場におすわりをし、セドリックは剣を鞘に収めた。
「ブライル大丈夫？」
まずはブライルの怪我を確認する。
爪を収納したブライルの左前足は、特に血が出ている様子もない。

ほっとしたリィラだったが、ブライルは少しすねたように「クゥゥゥゥ」と鳴く。

なぜ？　と思ったが、そういえばブライルは負けたのだ、と思い出した。

悔しいのだろう。

一方、勝者となったセドリックは、ブライルのそんな気持ちを最初から察していたのだろう。

こちらに歩み寄ると、ブライルに言った。

「勝敗の結果は受け入れてもらう。だが、お前はかなりの強敵だった。今回勝てたのは、俺が幸運だったんだろう」

その言葉に、ブライルが顔を上げる。

ブライルの視線はやや斜に構えた印象のものだったけど、フンと鼻を鳴らしただけで、セドリックにまた唸るようなことはなかった。

八つ当たりのようにしっぽでセドリックをぺしりと叩いたけれど、攻撃するような意図も威力もない。

セドリックのことを、受け入れたのだと思う。

(これはもしかして、男同士が拳で語り合う的なもの？)

リィラは、昔メイドから聞いたことを思い出す。

実家の子爵家に、まだ使用人がそれなりにいた頃、喧嘩をする男性の姿を見かけてびっくりしたリィラに、メイドがそう言ったのだ。

とにかく、ブライルも大人しくなってくれたので良かった。

その後、ブライルの機嫌を取っておこうと、リィラはひとしきり撫でまわした。

ブライルの方もそれで気分が上がったようで、ウキウキで森の中へ帰っていってくれる。

そうしてほっと息をついた頃には、お昼になっていた。

ひとまず館に戻ることにしたのだけど、セドリックと一緒に歩いていると本当に目立つ。

背が高いのも、村人が着ないような上質の服を着ているのもそうだが、何よりセドリックの容姿が目を引くからだろう。

村人たちはセドリックを見つけてお辞儀をしてから、リィラに目が向く。

リィラが他の村人とはあきらかに違う服装をしているからだろう。

(上等すぎるブラウスとスカートは、やっぱり浮くわよね……)

身の置き所がない気分になるものの、服を大事にとっておいてくれたバーサや、着るべきだと勧めてくれた他の女性たちの気持ちを無下にすることもできない。

うつむき加減で歩くリィラだったが、耳には「そういえば」とささやき合う声が届いた。

「そうだった。あの娘さん、オオカミ使いだから取り立てられたんだっけか」

「そりゃあなぁ。こういう森に近い村で一番怖いのがオオカミや熊だ。それを手懐けてくれるってんだから、あの娘さんを登用するだろうさ」

「それであの服なのかい？」

「大将首を取った兵士だって、立派なマントをもらったりしてたぞ。そういうもんなんだろ」

どうやらリィラの服装は、褒美としてもらった品だろうと考えてくれたらしい。

良かった、とリィラは胸を撫でおろす。

それにリィラが侍女として雇われたことに関しても、村人は悪く思っていないみたいだ。

しかし次の話題に、リィラはぎくりとした。

「あれ、さっきこの娘さん、領主様と一緒に設備の点検とかしてたけど……」

「なんか領主様が、娘さんに設備について相談してたって」

さっそく、セドリックと村の点検をしていた件について、噂になっていたようだ。

なにせ五十人ほどしかいないのだから、噂が回るのも早い。

村人は、そこからリィラの素性に興味を持ったみたいだ。

「学者さんなのかい？」

「なんでも、洪水で住めなくなった町の商家の娘だったとかって、バーサさんが話してたよ」

「そうそう。教会学校へ通ってたって聞いたな。なんか色々勉強したらしいよ」

「それなら賢くて当然だろうなぁ」

（バーサさんありがとう。ちゃんと広めてくれて助かったわ）

バーサとグレアムとは、貴族令嬢という出自を明かすのはやめた方がいいだろう、と入植前から話し合っていたのだ。

貴族が嫌いな人は多いから、何かあった時に八つ当たりされやすいのだ。

そこで「商家の娘」という設定にしておいたのだ。そして、今回セドリックの側にいて助言することを不審がられないよう、「学校へ通っていたらしい」という嘘も足してくれたらしい。

商家の娘なら、娘を教会学校などで学ばせることもある。学があっても自然なのだ。

心配事はなんとかやり過ごせそうなのがわかり、リィラはひとまず安心した。

リィラは館に戻り、食事をしてから別の仕事をする。

資材の管理をしているデイルの手伝いをした後、セドリックは村の周辺の探索へ出かけた。

「果樹が見つかるといいですねぇ」

セドリックが出発した後、デイルが数字を確認しながらにこにこと言う。

「デイル様は、果物がお好きなんですか？」

「手っ取り早く口にできる甘味ですから。ベリーもあったら知らせてほしいところですね」

果樹のことばかり気にしていたけれど、ベリーという手もあったなとリィラは思う。

「このあたりは、そもそもどんな植生なんでしょう？」

「すみません、植生……？　についてちょっと私は明るくないもので……」

デイルが苦笑いしつつ答えると、別の人物が教えてくれる。

「リンゴはこのあたりの気候だと、よく育つらしいよっ。近くの町ではリンゴが特産だし。

きっと、鳥が種を運んできたりして、生えたリンゴがあるんじゃないかなぁ？」

扉を開けて入って来たのは、アーロンだった。

「ごめんねリィラちゃん。話が聞こえちゃったから、つい答えちゃった」

にこにこと言うアーロンに、リィラも微笑みを返す。

「教えてくださってありがとうございます。お詳しいんですね」

口調こそ軽薄だけれど、植生についての情報は本当にありがたい。

「こういう関係のことばかり勉強してたんだよね。おかげで女公爵閣下直々に、セドリック殿の補佐に選んでもらえたんだ」

そういえば、アーロンは農業の知識があると言っていたなと、リィラは思い出した。

デイルが嬉しそうに言う。

「もしリンゴがあったら素晴らしいですね。アップルパイなんかも食べられそうです。沢山あればシードルも作れますよね」

デイルは果物が好きなのかもしれない。かくいうリィラも甘い物は好きだ。

「なんにしても、果樹は多い方がいいですよね。ベリーも増やしておけば、秋にジャムにしておいて保存できますし」

「自給自足には必要ですよね」

リィラとデイルはうんうんとうなずき、その様子を見ていたアーロンが笑う。

「では隣町に行ってくるよ。購入物は一覧通りに仕入れて来れるようにするから」

「よろしくお願いします」

デイルが一礼した。アーロンはこれから村を出発するらしい。

この開拓村はまだ足りない物資があるので、補うためにもセドリックの部下が隣町とこの村を定期的に行き来している。アーロンがそこも担当しているようだ。

部屋を出ようとしたアーロンは、ふと立ち止まってリィラに尋ねた。

「リィラちゃんは、何か欲しい物とかないかい？」

聞かれて、リィラは悩む。

村人の衣服は少ないながらも足りていると思うし、食料もまだ大丈夫だ。

そうなると思い出すのが、村の設備のこと。たしか一か所、井戸の滑車が壊れていたような。

(他の井戸も、すぐ壊れるかもしれないし……なにせ二年放置されていたわけだから)

「ではすみませんが、井戸に使う滑車を二つ、買っていただけるでしょうか。購入品の一覧に入っていないでしょうから、セドリック様には私から申請しておきます」

お願いすると、アーロンは目を丸くした。

次の瞬間には破顔する。

「あっははは！　面白いなぁ、リィラちゃんは！」

笑われたリィラは、意味がわからなくて眉間(みけん)にしわが寄りそうになる。

「おかしいでしょうか？」

村のことを考えて答えたのに……と思ったが、アーロンは「違うってば」と手を横に振った。

「リィラちゃんったら真面目すぎなんだからなぁ。僕は、リィラちゃんが個人的にお菓子が欲しくないのかなと思って聞いたのに、村に必要な物を答えたものだから」

「あぁ……」

なるほど。女の子らしい買い物の用事を受けつけるつもりだったのか、とリィラは理解した。

それなのに実用一辺倒の依頼が来たため、アーロンは驚いたのだろう。

「お気遣いいただいたというのに、申し訳ございませんでした」

リィラは謝っておく。アーロンはそんなリィラに近づく。

「かん違いされちゃったのは悲しいけど、怒ってないよ？　それより、仕事ばかりじゃ大変でしょ？　良ければすみれの砂糖漬けとか、可愛らしいものを買ってあげるよ！」

そう言われたものの、リィラは困惑した。

アーロンからプレゼントされる理由がない。それなのに受け取ったら、まるでひいきされているみたいではないだろうか？

（ただでさえ私、セドリック様からもひいきされているように見えるはずなのに……）

村の中で権力者二人からえこひいきされると、さすがにオオカミに関する功績もかすんでしまいそうだ。悪くすると「男を二人手玉にとる悪女」だと思われかねない。

（そういえば昔、領地の視察をしている時に、そんな状態になっている女性を見たことがあるわ）

町長や町の大商人からひいきされている女性を、みんなが悪しざまにののしっていた。

昔読んだ本でも、悪女が周囲の人間から嫌われている物語があったなと思い出す。

アーロンのプレゼントを受け取った場合、そんな風に厄介ごとの種になりそうだ。

だからリィラは慎重に考えて返答をした。

「では、村にいる女性十七人、全員分の砂糖漬けをお願いします。女性は全員に行き渡らないお菓子を見ると、悲しくなってしまいます。そんな悲しい思いをさせたくありません」

リィラの頼みに、アーロンが頬をひきつらせた。

「じゅ、十七人分は多すぎ……。その、内緒とか、だめ？」

「村の中で甘い物を食べたら、間違いなく残り香でバレます」

「うっ」

アーロンがうめいた。

菓子店もないような村では、甘い砂糖の香りは際立つ。それを思い出したのだろう。

「では、妙齢の女性たちだけにプレゼント……」

リィラは（まだ言うか）と思いつつ、数人分で済まそうとするアーロンに釘（くぎ）を叩き込む。

「もし高齢のヤーナさんがもらえなかったら、アーロン様は女性たちから白い目で見られてしまうでしょう。おばあさんに優しくない人だからと、アーロン様の評判が落ちます。あと妙齢の方は既婚者ばかりです。みなさんの家庭に波風を立てないようにしていただきたければ幸いです」

敬老の気持ちや、倫理的な問題でリィラは武装してみた。

これならアーロンも贈り物を押しつけられないだろう。と。

「ええと、じゃあ、いい滑車を探して来ようかなっ」

アーロンはそう言って部屋を出ていく。

ふぅと息をついたリィラに、デイルの抑えるような笑い声が聞こえた。

「見事でした、リィラ殿。たしかに小さな集団の中で、お菓子がもらえない人ともらえる人が発生すると、いさかいの種になりますよね」

デイルは理解してくれたようで、リィラは安心したのだが。

「……それにしてもおかしい」

「私、そんなに変でしたか？」

強引すぎる方法だっただろうか？　とリィラは不安になったが、デイルが首を振る。

「おかしいなと思ったのは、アーロン様のことですよ」

「え？」

「軽薄な物言いをするのは元からですが、あんな風に女性に声をかけることはなかったんです。

なにせ、セドリック様がお帰りになるまでは、アーロン様は公爵家の跡継ぎ候補に入っていましたので、貴族女性とも節度をもってお話しされていたぐらいで」

「ああ、なるほど」

リィラは納得した。

アーロンが公爵家の後継者になるには、様々な要素が必要だっただろう。彼自身の能力だけではなく、後押ししてくれる貴族もいた方がいい。

そして貴族同士の結びつきを作る方法の一つに、権力のある貴族との婚姻がある。その方法を使うことを考えていたアーロンは、相手の貴族の機嫌を損ねないためにも、平民の女性に声もかけなかったのだと思う。

「今は跡継ぎ問題が解決したから、気にされなくなったのかもしれませんが……」

とデイルはつけ加える。

そんな風に公爵一族の結婚事情の話をしつつ、リィラたちはその日の仕事を進めたのだった。

その日、セドリックが帰ってきたのは夜遅くだった。

食事を作り終えたアンナが「お料理が冷めきってしまうわ」と、ぼやいていたほど。

だからリィラがセドリックと再び顔を合わせたのは、翌日の朝のことだ。

一階の食堂に入ると、すでにセドリックはテーブルについていた。

集会場に使っていたらしい広間に、簡素な木のテーブルと背もたれもない椅子を置いているだけの食堂には、他にデイルや、いつもセドリックの護衛をしている兵士がいる。

リィラは手招きされて、セドリックの隣に座らせてもらった。

食事はアンナが運んでくれたので、お礼を言って食べ始める。

その時に、セドリックは昨日の探索の結果を報告してくれた。

「リィラ殿、立派なリンゴの木が見つかりました」

「ほんとですか！」

朗報にリィラは心躍る。

果樹は育てるまでに年数が必要なものが多い。すでに成長しているものがあればと思っていたから、とても嬉しかった。

「はい。ベリーの群生地も見つけました。ただ少し村から距離がありまして。周辺の安全を確保できないと、誰でも採取に行ける、という状態ではないんですよね」

たしかに村から離れているのは問題だ。セドリックの言う通り、獣に襲われるかもしれない。

対応策としては、道に柵（さく）を造るしかない。

「ただ、リンゴのためだけに道を整備するわけにもいかないんですよね」

セドリックの懸念はそこのようだ。人も時間も費やさなければならないのだから。

「ええと。リンゴの木のそばに、木材などに利用できそうな林などはありましたか？」

「はい。林の中ですから、そのあたりの木を伐採して利用することもできると思います。川を渡る場所がありますが、川自体が小さすぎるため、魚は無理かもしれません」

「ご領主様、たしか、河岸がスレート岩盤だったはずです」

隣のテーブルで食事をしていた兵士が、そう教えてくれた。

薄い板のように割れるスレート岩は、建材として使える。

「それだけあれば、道と作業場所を造って、さらに柵も造る理由には十分そうですね。秋までに整備できれば、安全に収穫できると思います」

すぐ近くに人が作業する場所が造れたら、警備の人間も常駐できる。そうすればリンゴを採取している時に熊が出ても、そこまで走って逃げれば助かるだろう。

「合理的でいいですね！」

目の前の席で、食事を終えたデイルがすぐに賛成してくれた。

セドリックもうなずいてくれる。

「それにしても、一度は村を作っただけあって、ここは資源もあって悪くない立地ですね。鉄採掘の町までの中継点にするにしても、かなり暮らしやすそうです」

リィラはしみじみと言う。

開拓地を広げるためだけに開墾をさせても、こう上手（うま）くはいかない。

肥沃な土地があっても、家を建てやすくなかったり、果樹や他の資源があるとは限らないのだ。

「運が良かったようです。代わりに魔獣が出るという不運もあったわけですが……」

「魔獣は、どうしてここに出没していたんでしょうか？」

原因はわかっているのだろうか？

魔獣の出没は大事件ではあるが、年に一度は国内のどこかで発生するようだ。

たいていは魔獣を作り出す魔導士が、その土地に隠れ住み始めて、作った魔獣が放たれて事件が発生する。ただ、魔獣が大きく移動して離れた場所で暴れることもある。そのため問題を起こした魔導士を探すのは難しいらしい。

セドリックは難しい表情をする。

「結局わからず仕舞いなのです。魔獣の痕跡をあちこち探索して、行動を追跡もしたんですが……。足跡なども途中で消えてしまっていて」

「それで、村の再建を決定するまでに時間がかかったんですね」

リィラの言葉に、セドリックがうなずく。

魔獣がやってきた方向がわからなければ、それ以上追跡はできない。

だから周辺を監視し、さらに二年間一切出没しなかったことで、ようやく『魔獣はいなくなった』と判断したのだろう。

また二年も間隔があると、元村人も別の土地で暮らしを立て直してしまっている。もう一度開拓をお願いしても断られたから、新しく入植者を募ったのに違いない。

「今後も巡回しつつ、我々は魔獣の痕跡がないかを探す予定です。もしそれが見つかったら……この村に公爵家の兵力を集めることになるでしょう」

セドリックの言葉に『今度は村を放棄しないつもりだ』とリィラは知る。

(たぶん、開拓に着手したセドリック様の名誉のため……)

公爵家の後継者が最初に手がける仕事が、失敗で終わるわけにはいかないから。

だから絶対に成功させねばならない。

そのために、公爵家の兵力を送ってでも魔獣を倒すつもりなのだ。

兵力があてにできるのは心強いが、魔獣の出所がわからないのが不安だなとリィラは思う。

「いずれは、魔獣への対策もしなくてはなりませんね……。いないことが確認できても、どこからやってきたのかわからない以上、いつかは村の近くを通るかもしれませんから。でも常に巡回できるほどの人員がいないのですよね……」

デイルがお茶を飲みつつ、苦悩している。

魔獣を探し、対応するために兵士を連れてきているものの、村の警備も兼ねている。遠くへ痕跡を探りに行かせられない。

リィラは考えて、二人に言った。

「定期的に……週に一度ぐらい、一つの方位ずつ遠方を探りにいくのはどうでしょうか。そして痕跡を見つけたら、その時点で兵力を出してもらうよう要請すべきでしょう」

証拠があれば、兵の派遣を要請しやすいからだ。

するとデイルが不安そうに聞いてきた。

「魔獣を見つけたわけではないのに、と分家に攻撃される原因になりませんか？」

「村を守るため、というのが兵士を呼ぶ主目的のはずです。だから魔獣を見つけていなくても
……たとえその痕跡が古くても、要請をする正当な理由にできますよ」

「……痕跡が古くても、ですか？」

セドリックの質問に、リィラは笑顔になる。

「はい。痕跡が二年前のものだったとしても、新しい発見をしたのは本当ですから、そこから捜索の手を広げるために派遣要請をする、という感じにできると思います」

「そういえばそうですね」

セドリックも納得した。

「むしろ女公爵様に、この計画を書いてお渡ししてもいいと思います。辺境の村に、おおっぴらに人員を送りやすくなるかもしれません」

セドリックのことを守りたいのなら、女公爵も渡りに船だと考えるはずだ、とリィラは自分の考えた計画を話す。

「そして人が来たら、警備の一環として柵を造る作業に参加してもらい、頑丈な一時避難場所

も造りましょう。魔獣が現れた時のためという名目であれば、問題ないはずです」

何事も、名目さえきちんと立てば、とやかく言われても言い逃げができる。

「すごいです、さすがリィラ殿！」

デイルが手を叩いて喜ぶ。

「実にいい案だと思います。その方針で進めます」

セドリックも承認してくれた。

二人とも手放しで受け入れてくれて嬉しいが、リィラは今更ながらに本当にこれでいいのかと不安になる。

「あの、本当にこんな案でいいんでしょうか？」

ややせこい方法で、人員を集めて利用しようとしているだけなのだが。

「十分です」

セドリックが太鼓判を押してくれる。

「本当に、リィラ殿がいてくれて良かった。あなたほど賢い人がいれば、村の運営は安泰です」

「いいえ、私も何か見落としているかもしれませんし、自信はないんですが……」

「それだけではありません」

セドリックは熱く語る。

「兵士を村人の保護に割く人数を、すでにあなたのおかげで減らせています。オオカミが味方になるほど心強いことは、そうそうありません」

（ブライルについては幸運が重なったから、私のおかげではないんだけど）

リィラは苦笑いするしかない。

この話がいつまで続くのか、ちょっと困っていたのだけど、唐突に話題が打ち切られる出来事が起こった。

隣町へ行ったアーロンが、戻ってきたのだ。

「ずいぶん早いですね」

セドリックが驚いている。

それもそのはず。隣町へ行って戻るなら、一日いっぱいかかると思われていたからだ。

食堂へ入って来たアーロンは旅装のままで、やや疲れていたようだったが、表情は明るい。

「物資が思ったより早く町についていたんですよー。おかげで積み込みも早く済んだんです」

「公爵家から送られてきた物資の中には、レンガもありましたか？」

説明するアーロンに、デイルが確認した。

「入ってるよ、デイル。レンガを積んだ馬車がそのまま用意されていたんだよね。だから、御者を増やすだけで済んだので楽だったよ」

デイルがほっとした表情になる。リィラも安心した。

貯蔵庫を造るのにもレンガがほしかったのだ。

デイルから、すでに資材として頼んでいた分があるらしいと聞いていたのだが、予想以上に早く着いたようだ。

（もう、今日から新しい貯蔵庫を造れそうね）

とにかく夏前に、少しでも涼しく保存できる貯蔵庫がほしいので、レンガが予想外に早く着いたのは、リィラとしても願ったり叶ったりだ。

思わず笑みを浮かべたリィラは、アーロンの次の言葉に驚く。

「あ、そういえば、町で妙な話を聞きましてね。最近は行方不明が増えてるんだっていう話でしたよセドリック殿」

「行方不明？」

セドリックが眉をひそめた。

「町で先日、木こりがいなくなったらしくって。最初は熊にやられたのかもーって話してたみたいなんですけどね？　他所での行方不明者に関する、ちょっと怖い話が伝わってきたから、もしかして……と話題になってて」

「怖い噂、というのはなんでしょうか？」

デイルが首をかしげた。

するとアーロンが渋い実を噛んだような顔をして言う。

「前にこの村で魔獣が出た時にも、行方不明者が出てたんだってさ」

「魔獣っ!?」

「まさか!」

声が聞こえた兵士たちは思わず立ち上がり、セドリックも険しい表情になる。

「それは本当か?」

セドリックの問いに、アーロンがうなずいた。

「でも公爵家への魔獣に関する報告で、行方不明者なんて話は出てきませんでしたよ?」

デイルは半信半疑といった表情をすると、アーロンが反論した。

「たぶん、重要じゃないだろうって思ったんじゃないかな? だけど今回、他の地方で魔獣が出る前に行方不明者がいたって話が流れてきたみたいでさ。それを聞いた町の人たちが、以前の魔獣の出没の時、こっちの村近くで行方不明者の遺体が見つかったことを思い出して、『もしかして……』って、怖がってるようなんだよね」

「他の地方で、そんな事件があったのですか?」

尋ねたデイルにアーロンはうなずく。

「本当らしいよ? 町長からも一応話を聞いたんだ。西の小国同士の紛争で、魔獣が出たらしくってね。紛争地近くでは、飼っていた牛や豚が、飼い主ともども行方不明になる事件が続いていたそうだ。その後豚や牛の魔獣が複数現れて、その町が壊滅状態になったとか」

「まさか、さらった牛や豚を魔獣に変えた魔導士がいたってことですか？」

そう言ったセドリックの表情が険しくなった。

魔獣というのは、動物を魔導士たちが魔力を使って変質させ、作り出される。

本来、魔法研究をするのが主の魔導士たちだが、あちこちの王国で雇われた際、紛争や戦争などの兵力として魔獣を作り出すことがあるのだ。

そのため魔導士は、危険なので戦勝国によって処罰されるのだが、逃げた者が研究を続けたり、他人の領地を狙う貴族に雇われることもあるらしい。

セドリックに、アーロンがうなずいた。

「そのようです、セドリック殿。あと、その話のせいであちこちで行方不明事件のことを気にする人が増えてましてね。どこかの令嬢が行方不明になったと思ったら、実は駆け落ちをしていた……とか借金で領地も家も失った令嬢を、貸主が面倒をみるつもりだったのに、行方知れずになって探している……というのもあったかな」

リィラはお茶のカップを落としそうになった。

こらえて、不自然ではないようにそっと置いてから、心の中で絶叫する。

(それってまさか私のこと!?)

びっくりした後で、リィラはむかっとした。

借金相手本人がじきじきにやってきてリィラを追い出したのに、行き違いなんてあるものか。

(何が目的で、私を探そうだなんて……あ)

一個、リィラを探してまで復讐(ふくしゅう)したいだろう理由を思い出した。

でも即否定する。リィラは多少の小細工はしたものの、わざわざ追い出した小娘を探すなんて労力をかけるわけがない。

(ただ、プライドは高そうだったから、私に釈明させたいとか思った可能性はある……？)

考え込むリィラの横で、アーロンは話し続ける。

「とにかくそれで、町の人間が不安そうにしていたんですよね。魔獣が関わるかもしれないから、セドリック殿には一応報告しなくてはと思って……」

アーロンが視線を向けると、セドリックがうなずく。

「情報に感謝します。改めて、以前の村人の報告の中に何か手がかりがないか探しましょう」

「お役に立てたなら幸いですよ」

アーロンはそう言う。

話の区切りがついたところで、アーロンの分の食事が運ばれてきた。

そこで完全に行方不明の話は途切れ、兵士たちも今聞いたことに関して会話を始める。

ざわざわとする食堂の中で、リィラは完全にフォークを置いてしまっていた。

頭の中は（どうやってばれないようにしようか）ということでいっぱいだ。

まだ皿の中の食事は三分の一は残っているが、席を立とうかと思っていたら、横から声をかけられた。

「もう食事をやめてしまうのかい？」

アーロンが隣の空席に座っていた。

いつの間に……と思った次の瞬間には、自分が相当ぼんやりしていたのだと気づく。これでは何かあったのだと周囲に知れ渡ってしまう。

何事もなかったかのようにふるまわなければ、とリィラは思った。うっかりと行方不明になった令嬢と自分を結びつける要因を作っては、馬鹿みたいではないか。

「体調が悪いのかい？　リィラちゃん」

再度声をかけられたリィラは、作り笑いを浮かべた。

「いいえ、魔獣が出たら怖いなと思って考え込んでしまって……」

「魔獣の話をしたのは失敗だったかなぁ？　僕が帰ってきたことよりそっちが気になるなんて」

「いいえ。無事にお戻りになって良かったです」

アーロンの軽口に応じると、アーロンがリィラの顔をのぞき込む。リィラは思わず身を引いた。

「本当にそう思ってる？」

「え？　あの、悪いとは思ってはいませんが……」

嬉しくないわけではないが、変な含みがありそうな言い方をされて、素直には答えにくい。

そのせいで、妙な返事になってしまった。

「なんだか悲しくなる言い方だなぁ。素直に嬉しいと言ってくれてもいいのに」

アーロンが、ますます言いにくい状況を作る。

こんな風にねだられた末に、しぶしぶながらでも「アーロン様が戻ってくれて嬉しいのは本当です」と言うと……特別な意味が追加されてしまいそうだ。

この人は、なぜそんなことを自分に言わせたいのか？

神経がとがり気味だったリィラは、もやっとする。

（いっそ、仕事の人員が減らなくて良かったとか、レンガを早く届けてくれて良かったとか、変な理由をつけたくなるわ……。でも代わりに、無礼だと怒らせてしまう可能性もあるし）

今のリィラは平民で、アーロンは貴族だ。

貴族に無礼な真似（まね）をしたら罪に問われるのに、うかつなことは言えない。

でも心が不安定になっていたリィラには、上手い切り抜け方が思い浮かばなかった。

困ってしまったリィラだったが、ふいにアーロンが話を変えてくれた。

「そういえばさ、首に下げているのが噂のオオカミ除けなのかな？」

アーロンが指さしたのは、リィラのオオカミ除けのペンダントだ。

「はい、そうですが」

オオカミ除けのことは、セドリックかデイルが話したのだろうか？

「そういうの見るの初めてなんだよね。触ってみてもいい？」

「……ええ、はい」

ブライルとの絆の品なので、他人に渡すのは嫌だなと思うリィラだったが、断る理由もない。

しぶしぶながらペンダントを外そうとしたその時、横から救いの手が現れる。

「リィラ殿、話があるのですが」

セドリックが食事を終えて立ち上がっていた。

セドリックがデイルに視線を向けると、こちらも食後のお茶を急いで飲み、立ち上がる。

「仕事のことで打ち合わせが必要なのです。お願いします」

デイルも同調し、促されてリィラは立ち上がった後でアーロンに断った。

「あの、すみません失礼します」

「いいよいいよ」

仕事であることを強く印象づけたせいか、アーロンは一歩下がって見送ってくれた。

リィラはほっとしつつ、食堂を出た。

二階へ上がり、セドリックの執務室に入る前でデイルが遠慮する。

「私は他の用事がありますから、ここで失礼させていただきます、セドリック様」

「ああ、助かった」

セドリックに一礼してデイルが去ると、セドリックがリィラの耳元でささやいた。

「仕事の話というのは嘘なんですが、とりあえず話し合うふりはしなくてはならないから、どうぞ中へお入りください」

セドリックが扉を開けてくれて、リィラは彼と一緒に中に入った。

それからようやく息をつく。

「助かりました……。平民の立場では、貴族のアーロン様のお話を断ったら怒らせるかもしれないと思って困っていました。ありがとうございますセドリック様」

「いや、当然のことをしたまでです」

お礼を言うと、セドリックは少し焦ったように首を横に振る。

「いつものアーロンなら、あんな風に女性に絡まないのですが……。困ったら、私の名前を利用してくださってもかまいません」

「でも、セドリック様のお名前を勝手に使うのは申し訳ないです」

「そんなことを言って、断り切れなくなったらどうなさるつもりですか？　元々のご身分を明かせない状態では、何かあったら村から逃げ出すしか方法がなくなりますよ」

セドリックに真剣な表情で注意され、リィラはうつむく。

わかっているけど、セドリックに負担をかけるのがなんだか嫌だった。自分が、何もできない人間みたいに感じられたから。

するとセドリックが、なぜかリィラのそばにひざまずいて手を握った。

彼はじっとリィラを見つめて言う。

「今でもあなたは俺の唯一の姫なんです。どうか俺を頼ってください」

「でも、その……」

リィラは戸惑う。騎士の誓いなんてものは、形だけだと思っていたから、彼に頼ってはいけないと考えていたのに。

するとセドリックが微笑む。

「それでは、もし危惧するような事態になったら、強引にさらっていくことにします」

「え!?」

「そのまま結婚でもしましょう。身分が問題になるなら、俺と結婚したのならアーロンは黙るしかないでしょうから」

「あの、でもそれではアーロン様とセドリック様が仲たがいすることになってしまうのでは？」

公爵家の中で味方が少ないセドリックが、アーロンにまで離れられては困るはず。

心配するリィラに、セドリックは笑みを崩さない。

「問題ありませんよ。アーロンがいなくなっても、村の運営に必要な知恵は全てリィラ殿にご教示いただければいいんですから」

「……う」

その通りだと思う。アーロンは農業の知識が他の人よりあると言っていたし、彼の指示で動いた方が効率良くできるだろう。でも、村人にも農民だった人は多い。彼がいなくても、目覚ましい結果を求めなければどうにかなるのは確かだった。

「それにあなたも、公爵夫人という立場になってしまえば、誰も手が出せません」

「あの、それは、さすがに女公爵様に叱られそうです」

平民の娘なんかと結婚すると言えば、さすがの女公爵も怒ると思うのだが。

でもセドリックは楽し気に答えた。

「どうせ私の母も、元はメイドでしたから」

「え」

知らなかった事実に、リィラは目を丸くする。

「結婚前、それはさすがに……ということで、公爵家の騎士の養女となってから結婚したそうです。だから、身分差はあっても、本当の貴賤結婚だったと知っている人は多くはありません」

「そうだったのですね……」

リィラは、公爵家の分家の人々が、なぜセドリックにこうも反発するのかわかった。

おそらく、セドリックの血筋そのものに反発があるのだ。

爵位を持たない貴族の親族たちほど、貴族という地位への執着は強い。貴族の一員というのが彼らの誇れる点であり、その特権を手放したくないと感じるかららしい。

なのに公爵夫人が平民出身だったら……見下していた存在を仰がなくてはならないのが、腹立たしいと思う人もいるのだろう。

もしくはセドリックの父と、自分たちの親族が結婚することで公爵家の実権を握る機会を失ったことを、恨んでいるのかもしれない。

とにかくセドリックを女公爵が認めたというのに、セドリックを後継者として認めることを嫌がり、領主としての仕事を失敗させようとしているのは、これが原因なのだ。

考え込んでしまうリィラに、セドリックが思いがけない言葉を口にした。

「だから俺は、リィラ殿を尊敬しています」

「どうしてですか？」

「あなたもまた、母上がメイドだったとおっしゃった。そのせいで普通の貴族令嬢よりも沢山の不運を背負っていたのに、領地のために身を粉にして働いていらっしゃった姿を見て、俺は感動したのです。公爵家の嫡男だとわかったあとは、あなたへの尊敬がさらに増したことをご理解いただけるでしょうか？」

セドリックがそこで一度息をつく。

「俺も公爵家に戻った後、メイドの母から生まれたやつが、領地運営だなんて難しいことができるのかと陰口を叩かれました。そして、ゼロから学び始めたばかりの俺が何か失敗するたびに『これだから……』と言われてばかりいましたね。でもあなたは、同じ状況にあったのに、めげずに知識を習得した。それを思うと、賞賛せずにはいられませんでしたよ」

なるほどと納得したリィラに、セドリックは続ける。

「あなたが公爵夫人になるにあたって、口さがない者が出ることを避けたいのなら、それこそ母のようにどこかに養女に入ってもらい、体裁をつくろうこともできます。元々子爵家のご出身ですから、後ろ盾となってくれる貴族も見つかるでしょう」

セドリックはリィラが公爵夫人になっても大丈夫だと、説明してくれる。

でもまだ懸念はあった。

「ええと、でも、それではセドリック様がいじめられる要因を増やすだけです。それは嫌です」

本人が気にしないと言ってくれるのは嬉しいが、自分のせいでセドリックに辛い思いをしてほしくない。

(私に、優しくし続けてくれる人だから……いじめられてほしくない)

首を横に振るリィラに、セドリックは少し笑うと——握っていたリィラの手の甲に口づけた。

「えっ、なっ」

「俺のことなら心配しないでください。わけあって表面上穏やかにしていただけで、いずれ公爵になる前に媚びすらしない者は叩き潰しますから」

柔らかな口調で冷酷な言葉を口にしたセドリックに、リィラは目を見張る。

彼がただの優男ではないと、リィラは知っている。

なにせ魔獣の討伐に数多く参加していた人だ。魔獣の何匹かは彼本人が討ち取ったという話は聞いているし、盗賊の討伐などで、罪を犯した相手とは容赦なく戦ったはずだ。

でもリィラにはいつも穏やかに接してくれていた。だから、冷酷さのかけらすら目撃することがなかっただけだ。

「俺が分家の言うことを流して、目立ちにくくしていたのは……少し、やりたいことがあったからです。その邪魔になってはいけないからと弱いふりをしていただけで……」

「なぜ、弱いふりを？」

「あなたを、俺の元で保護したかったからです」

セドリックの表情がすっと真剣なものになる。

その薄青の瞳に射抜かれたように、リィラは息を止めそうになった。

「脅威になる人間が、誰かを大切に思っているとわかれば……。特に誰かに保護されていない場合、たやすく殺されてしまいます。けれど俺が弱い存在なら、俺を直接潰すほうが楽ですから、人質なんていらないでしょう？」

その理屈はわかる。わかるが、問題はそこではない。

「私を保護しようと思われた理由は、なんですか？」

この瞬間まで、『セドリックのいる公爵家で保護する』程度のものだと思っていた。

だからその理由がわからず、疑問に思って尋ねたのだ。

しかしセドリックの答えは、想像したものとは違った。

「あなたをご実家から引き離して俺のものにするため、結婚したかったからです」

そしてセドリックは、目を細めてリィラの手に視線を落とした。

「え、その。結婚のお話は以前もおっしゃってはいましたけど、私に同情してのことでは……？」

両親に恵まれず、さらには家をも失ったかわいそうな娘のために申し出てくれたのだと思ったのだ。

「いいえ？」

セドリックはあっさりと答えた。

「そもそも、俺はあなた以外に騎士の誓いをしようと思える人に出会いませんでした。いえ、あなたにしか誓いたくなかったのです」

「きっと、公子様として様々な方とお会いしたら、それも変わります。私なんかより素晴らしい方は、きっとこの世界に沢山いるでしょう」

平騎士だった頃のセドリックでは、貴族令嬢といっても容姿に惹かれて近づいてくる人ばかりだったに違いない。

けれど公子としてなら、教養も兼ね備えた真の令嬢とも知り合う機会が増えるはずだ。そうしたら、リィラの価値の低さがわかるはずなのに。

けれどセドリックは首を横に振る。

「すでに両手では足りないほど沢山の方と顔を合わせました。が……やはりあなたほど、未来を誓いたい方はいませんでした」

「私のことを良く思いすぎです、セドリック様は」

会わないうちに、思い出を美化しすぎたのだろう。

するとセドリックが、ふっと息をついた。

「こうしたら、少しは信じていただけますか？」

セドリックは再びリィラの手に顔を近づけた。

「あのっ……!!」

リィラは絶句した。セドリックが、指先に軽く噛みついたからだ。

ちり、と甘い痛みが伝わる。

その痛みが心臓に突き刺さるくらいに、リィラは衝撃を受けた。

「こんなことをしたいと感じるほど好きなのも、あなただけです」

（すすす好きって言った!?）

彼の告白に、リィラは息が止まるかと思う。

聞き間違いじゃないかと思ったが、セドリックはその後も続ける。

「再会した時に、改めてそう感じました。俺が好きになれるのはあなただけだと……。俺の気持ちを信じていただけますか？　だめならもっと他の方法で……」

「あのっ、信じます、信じますから!!」

リィラは思わずそう答える。

すでに心臓が口から飛び出そうになっていて、これ以上のことがあったら失神してしまうのではないか、と思ったのだ。

それにしても、同情してくれたから優しいのだと思っていたのに、まさかこんな自分に好意を持ってくれていただなんて。

（え、私ってそんな、異性にとって魅力を感じさせるような存在だったっけ？）

貴族の娘でありながら、メイドのような扱いをされる程度の存在がリィラだった。

使用人の中にだって、リィラを見下す人がいたぐらいだ。

両親の借金がふくらんだところで逃げていき、ついには音信不通になった親戚たちも、子爵家の屋敷に顔を出していた時はリィラを汚いものを見るような目で見ていた。彼らの子息たちだって、誰一人リィラに親しみを向けてはくれなかったのに。

（なんだか、世界が変わってしまいそうなほど、びっくりした……）

受け止めるだけで必死なリィラの様子に、セドリックが微笑んで立ち上がる。

「それでは、信じてくださった証に、贈り物を受け取っていただけるでしょうか？」

「お、贈り物ですか？」

一体何だろうと思ったら、セドリックが書き物机の引き出しから、何かを取り出す。

一つ、二つ……三つあるようだ。

紐と言うよりは、布にフリルをつけたものみたいだが。

「実は、リィラ殿に身に着けるものを贈りたいと思ったのです。そこであなたの保護者のバーサ殿に意見を聞きまして」

「え、バーサさんがどうしてそこで出て来るんです？」

「あなたのことをよくご存じでしょうから。それで、こういうのはどうかと言われて、仕立て屋に作ってもらいました」

そしてセドリックは品を見せる。

「カチューシャだそうです。メイドではなくとも、貴族女性が着飾るために着けることもあると聞きまして、これならリィラ殿も抵抗がないだろうとバーサ殿が教えてくれたのです」

「え、ええと」

見せられたカチューシャは、スカートの色と同じ赤の線が入った格子柄で、フリルや、サテンのリボンも使われている。確かに令嬢の装飾品といってもおかしくはない品だった。

「身に着けていただけませんか？」

「え、あの。今でさえ村で浮いているので、これ以上目立つのは避けたいのですが……」

あまり華やかな格好をすると、村の中で目印が動いているような有様になってしまう。だからリィラは遠慮しようとしたのだが、セドリックが意義を語った。

「これはアーロンに何か贈られそうになった時にも役立ちます。プレゼントを渡されたら、お返しにこれを渡してください。三つあるので減っても問題ないですし」

「……？」

リィラは首をかしげた。

替えがあるものなら、犠牲として渡してもいい、ということだろうか？

「できれば、俺からの贈り物だと言って渡してくれると嬉しいですね。他の男からもらったものをお返しに渡されたら、アーロンも嫌がって、金輪際リィラ殿に何か贈ろうとしないでしょう」

贈り物除けにも使える、と言いたいようだ。

「わ、わかりました」

それなら……と、リィラは受け取ることにした。

うなずくと、なぜかセドリックがリィラに二つ渡したうえで、一つを早速リィラに身に着けさせようとしてくる。

「え、あの、今からですか？」

「贈り物が、きちんと似合っているのか知りたいのですが……。だめですか？」

しょんぼりとした表情をされると、リィラとしても嫌とは言えなくなる。

それに受け取ると決めた後なのだからと、大人しくすることにした。

「で、ではお願いします」

「ありがとうございます、リィラ殿」

セドリックは嬉しそうに言って、リィラの髪に手を伸ばした。

そっと指先で横髪をよける動作に、耳がくすぐったくて思わず目を閉じてしまう。

頭に指先が触れる感覚までも強く感じるようになってしまったけど、目の前のセドリックと視線を合わせるのも恥ずかしかったので、目を開けることができなくなった。

セドリックはそっとカチューシャの位置を合わせて、丁寧にリボンを結んでくれる。

「できました」

その言葉に目を開くと、どことなく嬉しそうな……というか、満足そうな表情のセドリックが見えた。

「あ、ありがとうございます」

慣れない髪飾りをつけたので、ちょっと落ち着かない感じはする。

でもこれを以後ずっと身に着けて歩くのか……と想像したところで、リィラは気づいた。

（これって、セドリック様のものだという証を身に着けているようなものでは？）

セドリックにもらった装飾品を身に着けて歩けば、そう思われかねない。

（そういえば、貴族令嬢に服や装飾品を異性が贈ってはいけないのよね。相手のものになることを受け入れる意味になってしまうから）

今更ながらにそのことを思い出す。

するとリィラは急速に気恥ずかしくなる。

だってセドリックが他の人に話したら？　自分の贈り物だと言ったとたん、村の人たちは身を飾るものを領主にもらったリィラを、どう思うだろう。

（いえいえ。他人に話さなきゃいいのよ……ね？）

今のところ、真相を知るのはリィラだけだ。アーロンにも贈り物をもらわなければ、服に合わせて身に着けただけだと思われるはず。

仕立て屋のレナにも口止めをお願いしておこう。バーサにもだ。そうしたら、みんなはリィラが自分の好みで髪飾りとしてカチューシャを着けたのだと思ってくれるはず。

そういうことにしよう、とリィラは自分を落ち着かせることにした。

（アーロン様に関しても、贈り物を断る時に言いふらさないように頼むしかない）

心の中で無理やり決着をつけたところで、セドリックも話題を変えてくれた。

「……それで、アーロンと話している時に、様子がおかしかったようですが、アーロンがあなたに妙なことでも言いましたか？　それとも本当に体調不良なのですか？」

「ええと、行方不明の令嬢を探しているという話がありましたよね？　私、あの話が気になってしまって」

借金で領地を明け渡すしかなくなるなんて出来事が、年に何件もあるわけがない。

直近のことなら、リィラの話だけだと思ったのだ。

「借金の代わりに追い出されて、それで解決したと思っていましたが……探しているというようなことを言っていて、びっくりしたんです」

「普通なら、領地を得たところで満足するはずですよね……」

「本当に良心の呵責（かしゃく）があった、という方向はありえますか？」

セドリックも真面目に考えてくれる。

「男爵直々にやってきて、私を追い出したんですよ？　手違いはありません」

リィラが否定すると、セドリックは悩む。

「そうなると……何か重要なものを持ち出したりとか、そういうことはありませんか？」

「持ち出しはしていないかと……。ただ一つ、復讐しようと思われそうなことをしていて」

「一体何をなさったのか聞いてもいいですか？」

尋ねられたリィラは、セドリックに告白した。

「子爵家の領地は、爵位とともに下賜された土地です。だから、国王陛下に爵位返上の手紙を出したんです。そうしたら、国王陛下が領地は王家のものだということで取り上げてくださるかもしれないと思って。そうなったら、子爵家の内情や借金についても調査なさるでしょう？」

息をついて、リィラは続ける。

「ちょっとずるい手ではありますが……。そういう形で、国王陛下に借金について調査をしていただこうとしました。金額がいつもの両親の借金額よりも桁が大きすぎて、でもおかしいと思いつつも私では調べる力もありませんでした。だから、私の元に領地が帰ってこなくとも、真実を誰かが追及してくれたらいいと思いまして」

話を聞いたセドリックが笑う。

「それはまた、賢いあなたらしい。絶対に勝てない相手に報復をお願いしたのですね。その後のことは知っておられますか？」

「一週間ぐらいで領地に王家の代官がやってきて、『王家に返還するべきだ』と要求されたらしいです。それでも領地を手放したくなかったのか、手放したら物笑いの種になると思ったのか、王家にお金を支払って解決したと風の噂で聞きました」

おかげで溜飲が下がったリィラだったが、せこい方法で報復したのは確かだ。

恨まれているかもしれない……と、リィラはちょっと気まずい。

でもセドリックはそんなリィラをほめた。

「さすがですね。もっと酷いことをしても良かったでしょうに」

セドリックはさらに報復をすべきだと思ったらしい。それでリィラも、気まずさが薄れる。

「でも、もしかするとそのことで、私を恨んでいるのかもと……。その復讐のために私を探して、報復しようとしている気がします」

「その可能性はありますね。だとしたら用心する方がいいでしょう」

セドリックがふいに窓の方を見る。

明るい空の下、美しい緑を輝かせる森と山。

「とはいえ、貴族令嬢がこんな辺境にいるとは誰も思わないでしょう」

貴族令嬢は裕福な暮らしに慣れているから、平民のような生活ができる人はほとんどいないだろうし、仕事をしようにも、平民のように働かされることに耐えられるとは思えない。

開拓村の娘を疑う人などいないはずだ。

リィラはそう思い、自分にも「大丈夫」と言い聞かせる。

そんな様子に気づいたのか、セドリックがリィラに言ってくれた。

「心配ありません。万が一の場合には、俺が匿います。この村では難しいようなら、祖母の元であなたを保護してもらいますから」

祖母って、女公爵様のところで⁉　とリィラは驚く。

「そこまでしていただくわけには……」

「そこまでしたいのです」

セドリックがじっとリィラを見つめる。

「俺があなたを守りたいだけです。それぐらいは、受け入れていただけますよね?」

少し顔を近づけて言われたリィラは、つい。

「はい」

と返事をしてしまったのだった。

三章　問題は魔獣の姿をして現れる

その日から、村では備蓄用の倉庫を造り始めた。

設計をグレアムにしてもらい、手を開けられる男性に頼んで、穴を掘ったりレンガを積んだりして造っていくのだ。

指示をするセドリックの横で、リィラはその補佐をした。

実は少し、外に出る時に緊張した。

セドリックにもらったカチューシャを着けてみたら、以前よりも「貴族令嬢がお忍びで森へ遊びにきた」風になった気がしたからだ。

とはいえ、アーロンの贈り物攻撃をかわす手段だと思って、恥ずかしさはのみ込んだ。

セドリックはリィラのその姿を見て、とても満足そうに微笑(ほほえ)んでいた。

そんなセドリックの横で、リィラは作業を見守り、提案する。

リィラの話を聞いたセドリックが検討したうえで、作業する村人に指示をしていることは、誰(だれ)にでもわかる状態だ。

だからリィラは、「村娘が口を出すなんて」と言われることを覚悟していた。

しかもいつもより派手な格好だから、嫌がられるのではないかと思った。

でも村人は、不思議そうな目でリィラを見るものの、すぐに「ああ」と納得したような顔をして作業に戻る。

「…………？」

一体どうしてだろうか。

首をかしげていると、昼が近づいてくる。

すると作業をしている人たちへの食事を持って、村の女性たちが数人やってきた。

「さぁパンや肉も持ってきたよ！　しっかり食べて元気に仕事をしておくれ！」

五十代のメリダがそう声をかけると、作業をしていた十人ほどの村人が笑い、護衛ついでに作業に加わっていた兵士数人も笑う。

「十分やってるって、まぁ見てな、すぐに造っちまうからよ」

「期待してるよ！　なにせこれがないと、森なんかで収穫したものも保存できないからねぇ。夏になったらありがたさをひしひしと感じるはずさ」

メリダが貯蔵庫の重要性をさりげなくアピールすると、作業をしながらもいまいちわかっていなかったらしい村人が「そういうもんかね」と言う。

「あんたは東の都市の出身だからね。物が沢山行きかう場所じゃ、こんなのはあんまりお目にかからないだろうよ。とにかく自給自足できなきゃ、食べ物に困ることになるんだよ」

「そういうメリダおばさんはどうなんだよ」

「あたしゃ、寒村の出だからね。むしろそうじゃないリィラが、そのことを領主様に話してくれていたことに驚いたよ」

　ふいにメリダがリィラのことに話を繋げた。メリダの隣にいたバーサがうなずく。

「……おかげで話が早くて助かる」

　ぼそっとつけ加えたのが、大工のグレアムだ。

「村娘だからデイル様みたいな職につくのは難しいからねぇ。侍女っていう形になったけど、色々村のみんなに配慮してくれて助かるわ」

　ここぞとばかりに持ち上げるバーサに、リィラはむずむずしてしまう。

　たぶん、村人たちがリィラの行動を不審に思わないのは、バーサたちがこうしてあちこちで説明をしてくれているからだろう。

　助かるけど、こう大っぴらにほめられると恥ずかしい。

「うちに息子がいたらなぁ、嫁にほしいぐらい有能だぁ」

　作業をしていたおじさんがそう言うと、バーサはここぞとばかりに話を拾った。

「そういえば、リィラのことを気に入ったらしい男がいたんだけど」

「え？　そんな人までいたの⁉」

「誰よそれ！」

「アタシも知らなかったわ！」

食事を配っていた女性たちが、振り返って驚く。

リィラも「え、誰？」とびっくりしたが、セドリックがやけに真剣な表情でバーサの話を待っていた。

そんなみんなに、バーサは自慢げに詳細を教えてくれる。

「この村に来るまでの移動中の時にね、食事の時とか水汲み（みずくみ）とかのたびにリィラを気にしていた男がいたのよ。農家のボールディンさんとこの次男坊よ」

「あの子かね」

メリダがなるほど、とうなずく。

「ちょっと可愛（かわい）いわよね、彼」

少しだけリィラより年上の、メリダの娘が思い出しながらつぶやく。

「リィラを手伝おうとしても、リィラに気づかれずにいたんだけどね。侍女の役目をもらった後も、ちょいちょいリィラに声をかけようとしてたけど、できなかったみたいで」

「……勇気があるなぁ」

村人の一人がそう言い、複数人が同意のうなずきを返していた。

リィラはわけがわからない。

「私、声をかけられた覚えがないんですが……？」

ついそう言うと、メリダの娘が笑った。

「あらかわいそ」

バーサたちも「やれやれ」といった表情になった。

「あの次男坊にはあんたは高嶺(たかね)の花だよ」

「そうねぇ、手が届くどころじゃないわよねぇ」

「ご領主様がぜひにって側(そば)に置くほど、有能な子だから」

バーサたちによって、リィラの存在がありえない高みまで持ち上げられている気がする。

だから慌てて、自分はそんなにすごいわけではないと否定した。

「あの、ちょっとだけこの方面に明るいだけで。お手伝いのために役職をいただいただけで……」

バーサたちは「まぁまぁそう言わなくてもいいんだよ」と笑う。

「あんたの能力はわかってるよ。それにオオカミを手懐(てなず)けたんだ、誰もがあんたのことを高く評価してる」

「そうそう、例の次男だってリィラちゃんの働き者なところが好きみたいだし」

その発言には、戸惑うしかない。

「好きって……そんな風に思われるような人間ではない、と思うんですけど」

困惑して言うと、バーサが少し痛ましそうに眼(め)を細めた。

それから「ちょっとこっちおいで」とリィラを少し離れた場所へ連れていく。

新しい貯蔵庫と、その側にいるセドリックたちが見える、村の柵まで来た。

ここなら小声だと聞こえないだろうと、バーサはリィラにささやいた。

「リィラ。結婚するかどうかとか、そういうのはまだいいんだけどさ。でも自分が誰かに好かれたりするってことを、否定する必要はないんだよ。その方が人生楽しくなるだろうし」

「否定……していますかね？」

リィラはそこもいまいちよく理解できない。

しかしバーサは深々とうなずく。

「あんたをうちで保護してから今まで、何人も気にしてる男がいたんだよ。でもまるっきりあんたは意識の外に置いてて……。無意識に排除してるなとは思ってたんだけどね」

最後はひとりごとのように言って、バーサがため息をつく。

「男女関係に夢が持てないのは、おそらく両親の素行のせいだろうね。とても良いもののように思えなかっただろうし、だから結婚で家から逃げ出そうって発想がなかったんじゃないか？」

言われてみれば、穏やかな夫婦関係があるのだと実感できたのは、バーサと一緒に暮らし始めてからかもしれない、とリィラは思った。

それに貴族の婚姻関係について耳にしていたものは、ほとんどが金銭や家名を上げることが目的の殺伐としたものばかりだ。とても楽しそうなんて思えない。暮らしの質を下げたくない人はそれでもいいのかもしれないが、メイドのように暮らしていたリィラは、特に貴族らしい生活を望んでいたわけではない。

だから結婚が、魅力的には見えなかったのだと思う。

バーサの話は続く。

「それにリィラ、あんたはついこの間天涯孤独になったり、借金のことで心に負担がのしかかったりしたばかりだ。だから心が、その負荷を感じなくなるまで、鈍くなっている可能性もあるよ。好かれたりすることすら、重く感じていたんじゃないかい？」

「ええと。バーサさんのことは好きですが？」

好きっていう気持ちはわかると主張したら、バーサが苦笑いした。

「あんたのそういうとこは可愛いんだがねぇ、リィラ。あんたの気持ちは否定しないし、ありがたいよ。だけどお前さんは、自分の心に鈍感になっているのかねぇ？　そう言っている時もあまり楽しそうに見えないのが心配なのさ。表情が乏しいっていうのかね、これは」

リィラは思わず自分の頬をさわってみる。

「そ、そんなに表情が乏しいですかね、私!?」

驚くリィラに、バーサはうなずいた。

「気づいていなかったんだね。微笑むぐらいはしても、心の底から笑っている様子を見たことがないなと気になってたのさ、私もグレアムも」

「……心配させてしまって、すみません」

そんなところまで気づいて、心配してくれていたのかとリィラは申し訳なく思う。同時に、バーサとグレアムが、本当に優しい人たちだと思う。

バーサは照れ笑いしながら首を振った。

「謝るようなことじゃないさ。ただ、あんたが誰かを好きになれたり、そういうことではしゃげるようになるといいと思ったから言ったんだよ。それだけは忘れないでおくれ」

バーサはそれだけ言うと、「じゃあ作業があるから」と言って、先にみんながいる場所へ戻っていく。

見送ったリィラは、しばし立ち尽くす。

「私、少しおかしくなってた？」

自分ではそんな風に思ってもいなかった。

両親の死にはショックを受けたけど、これで解放されたとほっとした。

その後の借金の件は……。

「たしかに、ちょっと心に重かったかもしれない」

さすがのリィラも、どうしていいのかわからなかった。

助けてもらえる相手もいない状況だった。

どうにもできずに呆然(ぼうぜん)としていたら、バーサの妹であるメイドが荷造りの手伝いをしてくれて、館(やかた)から連れ出してくれたのだ。

それでも、おかしいぐらいに心は凪いでいて。

バーサたちにも事情を説明して挨拶もできたし、泣きもしなかったから、自分は冷静だと思っていたのに。

「だけど本当は……麻痺してたのかしら」

考えてみると、たしかに冷静すぎたかもしれない。

けど、なんだか実感が湧かない。いつも通りのつもりだったから。

「でも、バーサさんが心配してくれているんだし。少し考えてみよう」

わからないながらも、リィラはそう思ったのだった。


翌日、リィラはセドリックと兵士たちと一緒に、村の外へ出た。

川原のスレート岩を見にいくためだ。

運びやすいのか、どれくらいの量があるのかを先に確認しなければならないが、おそらくセドリックだけではその判断が難しいだろうということで、ついていくことになった。

道中、白樺が左右に生えるけもの道を進みつつ、セドリックが言う。

「スレートがあれば、『いずれ鉄の採掘所への中継地として、宿泊所を造る時にも使える』とデイルが言っていました」

リィラから聞いただけではなく、他(ほか)の人からも情報を得て利用法を考えていたようだ。

順調に領主として成長しているセドリックの姿に、リィラは嬉(うれ)しくなる。

「最終目標が、採掘所の建設ですものね。予定地はここから少し離れた場所でしたよね？」

「歩いて一時間と少しほどの場所なので、馬車が通れる道を造っていけば、ほんの少しの時間で行き来できます。山の方が害獣は多いですし、周辺は生活に少々不便ですから、管理や売買をする者、職人が生活する場所は村の方にしたいですね」

本来なら鉱山の周辺に村を形成できればいいが、井戸を掘っても水が出ないなど、問題がある場合には少し離れた場所に作るしかない。

いずれ村が大きくなっていけば、鉱山の方にも生活基盤を整えていく余裕ができるが、今はそこまで利益が出るかわからないのだ。

そのため村を中心に食料生産の場所を作っておき、鉱山がダメだった場合にも村そのものは存続できるようにした方がいい。

村の農業が成功して、売り買いが活発になれば、領内の食料事情改善にもなるのだから。

そんな話をしながら、昔の村人が通った道の痕跡(こんせき)を進む。

セドリックたちがリンゴを見つけた時に道を覆う草を切り払ったおかげか、かなり歩きやすいのだが。

「公子様！」

先頭にいた兵士が声を上げる。

「大きな獣が暴れたような痕が！」

「え？」

リィラは眉をひそめた。

大きな獣といえば、オオカミという可能性もあるが……。ブライルたちが獲物を捕らえるために暴れたら、その痕跡はできるだろうから。

むしろそうであってほしい。ブライル以外の痕跡だった時が一番困るのだ。

そんなことを考えつつ、リィラはセドリックと共に前へ向かう。

やがて見えたのは、切り払った道をよぎるようにできた、大きな土をえぐる痕だ。

踏み固められた道まで削るのだから、そうとう力が強い獣だろう。

爪痕があるので、獣の仕業であることは間違いないのだけど。

「熊って……こんな大きさなんですか？」

詳しくないけれど、以前見たのはもっと小さかったような、と思いつつリィラが尋ねる。

セドリックは渋い表情で首を横に振った。

「幅が普通の熊の大きさを超えています。それに熊なら、ここまで深く爪痕を残すのは難しいと思います」

「では普通ではない、と……」

「その可能性は高いです」

リィラの頭の中には『魔獣』という単語が浮かんでいた。

魔獣ならば、大きな魔力を持っている影響で、一撃の威力を何倍にも上げられるそうだ。

そのため予想以上の力を発揮したり、周囲にもその力の影響が及ぶらしい。

「魔獣ならば、この痕跡になってもおかしくはないでしょう。ただ、これが何時つけられた痕跡なのかが問題ですね」

セドリックの言葉を聞いていた兵士が言う。

「痕跡が雨などにさらされた形跡が見られません。最近のものかもしれません」

それを受けて、別の兵士がセドリックに尋ねた。

「このまま目的地へ進まれますか？」

セドリックは少し悩んだ末に結論を出す。

「村へ戻る。そしてこの方向へ人が行くのを禁じたうえで、巡回警備を行おう」

そうしてリィラたちは村への帰路についた。

魔獣の痕跡を見つけてしまったせいで、自分たちが外に出ている間に、村に魔獣が出てしまったらどうしようと思ってしまい、つい足が早まる。

しかし着いた村は、穏やかな風景のままだった。

畑で鍬をふるっている村人や、どこかの家の屋根を直している人の姿などを見ていると、日常に帰ってきたという感じがした。

同時に、魔獣の痕跡を見たのが幻か夢だったのでは……なんてリィラは考えそうになる。

「そんなわけないわよね」

現実逃避したいだけだ、とリィラは気を引き締めた。

「セドリック様」

リィラは隣を歩くセドリックに声をかける。

「私、魔獣について何か見かけていないか、ブライルに聞いてみたいと思うんです」

ブライルは言葉を話せないが、こちらが上手に質問を重ねていけば、必要な情報を「はい」か「いいえ」で導き出せる。

オオカミの縄張りは広いだろうから、村周辺を兵士よりも遠くまで見回っているはず。そんなブライルからなら、色々な情報を得られるだろう。

「では俺も行きます」

セドリックがそう言うので、二人で移動する。

行先は、先日ブライルが現れた、木こりが作業している場所だ。

あの辺りにいたということは、ブライルたちの巣がそこに近いはず。だから出現確率が高いのだと予想していた。

「ただ、思った通りにブライルが現れてくれるかはわかりませんが……」

「その場合、少しだけ村から離れた場所まで行ってみましょう」

セドリックが心強い返事をくれた。

この状況では、リィラも一人で村から離れるのは怖かったし、セドリックならばどれくらい離れたら危険なのかを教えてくれるだろう。

やがて木こりたちが作業している場所へ到着した。

「すまないが、今日はオオカミの姿を見かけたか？」

セドリックが筋骨隆々の木こりに尋ねてくれる。

作業で暑くなったのか、木こりは上半身を脱いで作業していた。

……この木こりを見ても、特に気恥ずかしい気はしないな、とリィラは思う。

（セドリック様のはだけた部分を見た時は、もっと焦りを感じたのに）

なぜだろうと考えるリィラの前で、木こりたちとセドリックの話は進む。

「今日はまだ見てませんなー。俺も期待してるんですがねー」

若いのにちょっと年寄りっぽいしゃべり方の木こりは、そう言って笑う。

何度か見かけて、安全なオオカミだと思うようになったのだろう。

「では探した方がいいかもしれないな。少しだけ、奥へ行って呼びかけてみますか？　呼んで、他の物が出てきたら怖いですけど……」

リィラはそう提案してみた。

セドリックはうなずいてくれる。

「では、木こりたちが作業しているのが見える範囲で、奥へ進んでみましょう。それ以上は、何かあった時に人を呼べなくなりますから」

万が一、ブライル以外の獣を引き寄せた時のことを心配して、そう言ったのだと思う。

なにせ魔獣が出たとしても、一人きりで倒すのは難しいのだ。

相手は魔力で筋力や耐久力が上がっているうえ、魔法を使うことさえできる。だけど人間の方は、魔法が使える者が本当に少ないのだ。

だから魔獣と戦う時、必ず集団で事にあたるらしい。魔獣との戦闘に関する訓練を積んだ騎士でも、最低五人は必要だと聞いている。

「わかりました」

リィラも同意し、木立の中へ踏み込む。

木こりたちがいたのは、木がまばらな林の中だったが、少し踏み込むと、すぐにうっそうとした森になる場所だ。

村の西側はその森が続くので、木材の調達場所として最適だった。

「あ、蔓（つる）キャベツ」

大きな木に巻きついた蔓に、小さな球体のキャベツができ始めていた。

「こんな近くにあるなんて。魔獣の危険がないようでしたら、このあたりをそのまま蔓キャベツ畑にしてもいいですね」

蔓キャベツのためには、どうしても木が必要だ。

木立が作るほどよい日陰や湿気も。

「伐採する場所の調整をしましょうか。あとでデイルに指示して、木こりと相談させます」

「お願いします」

応じたセドリックが笑う。

「なんというか、リィラ殿はいつも村のことを考えていらっしゃるんですね」

「あ、今はブライルを探していたんでしたね。つい、気になってしまって……」

「いいえ」

セドリックは首を横に振った。

「そんなリィラ殿を見ているだけでも、俺は十分に楽しいですよ？」

楽しい？

「え、楽しいんですか？」

セドリックは自信満々にうなずいた。

「あなたを唯一の姫として崇めると決めたのに、長らくお会いできなかったでしょう？　だからあなたの姿を見ているだけで、幸せです」

「ええと、ええと……」

見ているだけで幸せ、だと言われるとは思わなかった。

動揺したリィラは、なんて応じたらいいのかわからなくなる。

（これは……嘘じゃなくて、本気でセドリック様は私のことを崇めているの？）

誓った相手の名誉に関わってしまうから、不倫や放蕩をするのを控えるようにはなるけど、存在する姿を見て『ありがたやー』と言う人の話は聞いたことがない。

しかしセドリックは、かなり本気らしい。

（でも、悪い気はしない……）

なにせほめられたのは、領主の仕事を手伝っている自分、だ。

元々この仕事は、自分に向いていると思っていた。

領地の状況が悪くなれば生活費すら両親の放蕩で消えてしまうから、領地の仕事は必死に覚えたし、その時は大変だった。でも想定した通りの税収になった時にはとても嬉しかったし、達成感があった。

刺繍をしたり、着るものを節約するために自分で衣服を直して上手くいった時よりも、ずっと誇らしい気持ちになれたのだ。

だから領主としての仕事を、大変だし辛いけれど、嫌ったことはない。

そんな自分の仕事への姿勢や気持ちを、評価してもらえたみたいで嬉しい。

「あの、これからもがんばります」

リィラはそう言い、目が合ったセドリックと微笑み合った。

その瞬間、セドリックに結婚したいと言われたことが脳裏をよぎる。

答えもせずにそのままにしていたけど……。見ているだけで幸せだと言うのなら、自分と結婚したいというのも、本当に同情ではなかったのだろうか？

思わず考えてしまうリィラだったが、ふっとセドリックの表情が変わる。

「どうしました？」

「……何か、音が」

セドリックが耳を澄ませているようなので、リィラは立ち止まってじっとする。

自分でも周囲の音を拾おうとしてみた。

やがてガサッ、という不自然な音に気づく。

枯れ葉や枝が積もった場所を、踏む音のようだ。

ともすると、森のざわめきが大きすぎて聞き逃しそうになる。

「リィラ殿」

セドリックが相手がいる方向を特定したようだ。

手を引かれ、リィラは一緒に村へ向かって走り出す。

とたんに、相手も動き出した。

――グォォン！

鳴き声の恐ろしさに足がもつれそうになった。でもセドリックの力強い腕に助けられて、なんとか足を止めずに済む。

でもそれに必死で、何から逃げているのかわからない。

「セドリック様、一体何がいるんですか⁉」

切れ切れの息の途中で質問すると、セドリックは答えてくれた。

「見た目は大きすぎる熊にしか見えませんが、あの異様さは魔獣のように思えます……」

「ま、魔獣ですか⁉」

リィラが叫ぶ間にも、メキメキと木が折り倒される音がする。

「ただ魔獣と獣の混合のようにも思えるんです」

セドリックの言葉に続くように、獣の姿が見えたらしい木こりたちが上げた悲鳴が響く。

「誰か、兵士を呼べ！」

セドリックの言葉に、木こりたちがうなずきつつ逃げていく。

リィラたちも木こりたちが作業をしていた場所を過ぎ、林を抜けた。

そこでセドリックは足を止める。

「リィラ殿はもっと後方へ！」

指示されたリィラはさらに先へと進んで、適当な木の背後に回ったところで止まり、息を整える。

そうしてようやく、自分たちを追いかけてきた者の姿を見ることができた。

——リィラの二倍の背丈はありそうな熊だった。

姿は確かに熊だが、動きがおかしい、熊は意外と俊敏な生き物だけど、二足歩行でゆっくりとこちらを追いかけてきている。

ただ体が大きいため、一歩の幅が広いからもう追いつきかけていた。

「でも、魔獣らしい色はないわ」

ブライルもそうだったが、魔獣は魔力が強すぎるために、ありえない色を体色に持つことが多い。なのに目の前の熊は、特に毛色も目の色も通常の熊と変わりがない。

セドリックは剣を鞘から抜いた。

ここで熊を引き留めておくつもりらしい。

「足手まといにならないようにしなくちゃ」

リィラは呼吸が少し落ち着いたので、さらに村の方へ移動しようと考えた。

村の中に入って、できれば石の基礎がある村長の館に逃げ込めば、多少は安全だ。

「自分でも戦えたら良かったのに」

そう思った次の瞬間、ふっと思い出した。

ブライルはどうしただろう。

まさか、あの熊にやられてしまったから、今日は顔を見せにこなかった？

（逃げているならいいんだけど）

ブライルは魔獣の血が入っているから、相当に強いはずだ。

考えつつ村へ向かって走り出したリィラは、すぐにこちらに向かってくる兵士たちの姿を見つけた。

「もう来てくれた！」

ほっとする。セドリックが強い人だと聞き知っていても、一人だけでは心配だったのだ。

これで大丈夫だと思ったのもつかの間。兵士たちの形相が変わった。

「リィラさん！」

「逃げ……！」

叫ばれて、指さした方を見る。

間近に、もう一頭熊がいた。

素早くリィラに向かって駆けてきていて、ほんの数秒でぶつかることがわかる。

妙にゆっくりと時が流れる気がする中、リィラは呆然としていた。

けれど、急に何かにぶつかられる。

弾き飛ばされ、地面に背中を打った。でも切り株などもない草地だったおかげで大きな怪我はしなかったみたいだ。

「熊は!?」

起き上がれば、自分に向かってきたはずの熊と、白灰のオオカミが交差しつつ攻撃し合う姿があった。

「ブライル！」

思わず名を呼んでしまったが、ブライルはこちらに目を向けずに熊だけをひたと見据えている。

リィラに向かってきた熊は、さっきの熊よりは少し小柄だ。

ただし、様子がおかしい。

警戒するブライルの前で、熊が動きを止め、身震いしたかと思うと変化する。

毛が増え、顔周りが白く硬質に変化した。まるで頭骨が浮かび上がるように。

その中で、真っ黒に落ちくぼんだ眼窩（がんか）だけが大きく目立つ。

「魔獣……」

リィラを助けるため、側に来てくれた兵士がつぶやく。

（このままでは、ブライルが勝てなくなってしまう）

ブライルはリィラを守るために来てくれたのだと思う。なのに自分が近くで動かずにいたら、ブライルの行動を妨げてしまいかねない。

「すみません手を貸してください。私が足手まといにならないよう、遠くへ行きたいんです」

兵士の手を借り、リィラは熊から遠ざかる。

その時にようやく、突き飛ばされて熊を避けたものの、足を痛めていることに気づいた。

歩くと足首が痛いけれど、この程度で済んで良かった。命を失うよりもずっといい。

ブライルの方は、姿が変化した魔獣を恐れる様子もない。

姿勢を低くして、咆哮(ほうこう)する。

「わっ」

離れたのに、びりびりと肌に振動が伝わる。

ブライルの咆哮によって発生した衝撃波だ。

魔獣は見えない衝撃を受け、弾き飛ばされたが、すぐに起き上がる。

「セドリック様は……」

ブライルの方はなんとか大丈夫そうだと思ったリィラは、セドリックの様子を確認する。

先ほどとそう変わらない位置にいたセドリックだったが、迂回(うかい)して駆けつけた兵と共に、もう一匹の熊は倒したようだ。

そちらは姿が変わらなかったらしく、倒れた熊の様子は元のままだ。

だがブライルと戦う熊を振り返ったとたん、セドリックの様子がおかしくなる。

硬直したように、魔獣を見つめて静止していた。

その間にも、ブライルと魔獣の戦いは続く。

が、飛びかかるブライルをかわした魔獣が、ふいにリィラたちの方へ移動を始めた。

「なっ！」

どうしよう。リィラには戦う力も術もない。

とりあえず、村に対して横に移動する。

リィラ一人が立ちふさがっても、小石ほどの障害にもならない。

それよりは、怪我人を増やさない方がマシだと判断したのだ。

しかし、何が気を引いてしまったのか、魔獣が方向を変えてリィラの方へ向かってくる。

「…………！」

観念したところで、目の前に人が立ちふさがってくれた。

銀の髪のリィラの騎士は、魔獣からかばってくれようとしている。

「セドリック様！」

だけど大丈夫だろうか。

魔獣は一人で倒せるようなものではない。

魔獣の血を引くブライルでも倒しあぐねていたのだから、かなり強いはずだ。

(セドリック様が殺されてしまう！)

その瞬間を見るのが怖くて、リィラは思わず目を閉じた。

うずくまるようにして『その時』が来るのを待つしかなかったのだが、何度も何度も、何か硬いものがぶつかり合う音や、ブライルの咆哮、重たいものが地面に落ちるような音などが続く。

「ま、まだ大丈夫……？」

恐る恐る目を開けてみると、リィラから少し離れた場所に魔獣とセドリック、ブライルが移動していた。

そこで三つ巴になって戦い続けている。

リィラはセドリックが無事だったことにほっとしたものの、他の兵士たちがそこに割り込む隙すらないことを不安に思った。

魔獣の動きが、想像以上に速すぎるのだ。

しかしブライルが魔獣の動きを阻害し、そこへ滑り込むようにセドリックが傷を与える。

何度か繰り返すたびに、魔獣の体が血まみれになっていく。

そして何度目かの咆哮とともに、ブライルが突撃した。

ブライルの体当たりを、魔獣はふんばってこらえようとした。でもブライルの勢いが勝った。

すぐに魔獣は起き上がろうとした。

だが、セドリックが起き上がった魔獣の腕を斬り飛ばす。

リィラは思わず顔を背けてしまったけど、すぐに魔獣の様子を確認したくて向き直る。

熊の魔獣が暴れて腕を振り回している。

そして雷鳴のような声を上げた。

――熊の魔獣の周囲で爆発が起きる。

「セドリック様！」

叫んだものの、リィラもその場に伏せて爆風をやりすごすしかない。

舞い上がる土埃で何も見えなくなったかと思うと、晴れた時には魔獣の姿はなくなっていた。

「魔獣は……逃げたか」

セドリックがつぶやいた。

それでようやく終わったとわかったのか、離れて伏せていた兵士たちがわっと沸き立った。

万歳しながら立ち上がってセドリックに向かう。

「やった！」

「すごい、魔獣を退けた！　オオカミが味方してくれた！」

「さすが領主様！」

その後はセドリックとブライルを称える声が続き、それはどんどんふくらんでいく。

村の中に逃げ込んだり、息をひそめていた人たちが集まってきたからだ。

セドリックは兵士や村人たちに取り巻かれてしまう。

ブライルはその横を通って、あっさりとリィラの側にやってきた。

ほめてほめてと、頭を肩にこすりつけてくるブライルに、リィラはいつの間にか自分が座り込んでいたことを自覚する。

緊張しすぎたのと、魔獣がいなくなってほっとしたのとが重なったせいだろう。

「ありがとう、ブライル。私たちを助けてくれたのね」

お礼を言いながら、ブライルの望むままに頭や背中を撫(な)でる。

キュンキュン鳴いて甘えるブライルは、背中や足、頭に熊の魔獣の血のりがついていた。

「怪我はしていない?」

心配して言えば、うんうんとうなずいてくれる。

意思疎通がなんとかできるのは、こういう時にありがたい。

「でも一応見せてね」

リィラはブライルの背中と足、足の裏を順に確認していった。

肉球は硬いけれどその分頑丈そうで安心できる。

背中の毛は柔らかいのに、怪我もない。戦闘時は魔力で強化されていたのだろうか?

お腹(なか)も大丈夫。しっぽもふわふわで完璧(かんぺき)。

「無傷だなんてほんとすごい。魔獣は強かったでしょうに」

感嘆すると、ブライルはふふんと鼻を鳴らした。

あの程度なら、たいして強くなかったと言いたいらしい。

「セドリック様は大丈夫だったかしら……」

巨大な熊を倒した後で、続けて魔獣と戦ったのだ。疲れただろうし、ブライルのように無傷とはいかないに違いない。

当のセドリックは、ようやく村人たちから解放されて、兵士たちと何らかの話をしていた。

元気にしているように見えるが、表情は暗い気がする。

「そういえば魔獣と戦っている時、様子がおかしかったわ」

ブライルもうなずき、ちょっと唸る。

情けないと言いたげだが、魔獣の血を引くブライルと違って人間はもろいのだ。

万全な状態で戦い続けるには、怪我などせずに勝つのが一番。怪我をすると、やはり動きもにぶくなるし、何らかの後遺症で戦いにくくなることだってあるのだ。

「人の体はか弱くて、ブライルや熊みたいに頑丈ではないから、木にぶつかっても無傷ではいられないのよ。そうならないように戦うのはけっこう辛いと思うの」

リィラがそう言えば、ブライルも喉奥でグルグルとは言う。

まるで「仕方ないか」と言うように。

セドリックは話が終わったのか、行動指示をしていた。

「魔獣を操っている者がいるかもしれない。魔獣が他にいないか探索をしつつ、警戒してくれ。必ず複数人で動き、安全圏を確定しつつ徐々に範囲を広げていく方法をとるように」

そんな声が聞こえて、リィラは驚いた。

「操っている者？」

あの魔獣は、操られていた？

正直なところ、リィラにはその判別がつかない。理由を知りたいと思っていたら、兵士たちと話を終えたセドリックがこちらにやってきた。

リィラの側までくると、セドリックが膝をついてリィラに頭を下げようとした。

「申し訳ないですリィラ殿。あなたをこんな危険な目にあわせてしまうなんて……」

「あの、謝らないでください。それよりも私に頭を下げちゃだめです、セドリック様。人が見てますから」

領主が平民に膝をついて謝罪するなんて、注目を浴びてしまう。

敬語だけでもどうかと思っているのに、そんなことをしたらリィラの出自を怪しまれかねない。

するとセドリックは思いとどまってくれたが、気落ちした表情をしていた。

「守れなかったのは本当ですから……。あなたを村の外へ連れていくべきではなかったのです」

「森に行ったのは、私がブライルを探したかったからですよ。セドリック様のせいではないです」

するとキューンとブライルが鳴く。

目尻(めじり)を下げて悲しそうな表情をされ、リィラは胸が痛んだ。

「別にブライルのせいじゃないから！　来てくれるのをじっと待っていれば良かったのに、いたらいいなって探してしまったのは私だし！　それにセドリック様をここに連れてきたおかげで、村人が殺されたりしなかったから結果的に良かったのよ！」

そう言うと、ようやくブライルは気を取り直してくれたようだ。

ふーと息をついて、座るリィラの膝に頭をのせてくつろぎ始める。そんなブライルを、セドリックがじと目で見ていた。

「……不遜（ふそん）な犬ころめ」

「何かおっしゃいました？　セドリック様」

つぶやく声に気づいたものの、もごもごとしていたため、内容までは聞こえなかった。だから尋ねてみたのだが、セドリックは首を横に振る。

「いいえ、なんでもありません」

とりあえず謝罪が落ち着いたので、リィラは気になっていたことを質問した。

「そういえば、魔獣を操っている者がいるというお話をしていたようですが。本当ですか？」

セドリックはうなずいた。

「魔獣の動きがおかしかったのです。魔導士が魔獣を指示に従わせていた時と同じような、誰かの指示に従っているような動きでした。そもそも魔獣も元は動物ですから、腹が減っていたり攻撃されなければ、むやみやたらと人を襲いません。それに空腹で襲っただけなら、相手に勝てなかった場合は早々に退散し、もっと簡単に食べられる相手を探すはずです」

「そういえば、動物ですものね……なるほど」

考えてみれば、魔獣は恐ろしいものとは思っていても、その行動の原因について考えたことはなかったな、とリィラは思う。

「それに魔獣が、変な方向に進もうとしていました。私の方へ向かってきたのかと思っていましたが、私の背後にあったのは村です。まさか、村を破壊しようとしていた……？」

「その可能性は高いと思います」

　セドリックがリィラの言葉を肯定した。

「俺としては、あの魔獣は村を襲って、開拓をやめさせようとしていたのでは、と考えています。そういう目的がなければ、戦っている途中に違う方向に行こうとはしないでしょう」

「村を、ここに作らせたくない人間がいる、とかでしょうか？」

　そんな意図を感じてリィラが言うと、セドリックが自嘲する。

「村の存在よりは、俺に功績を作らせたくない者が操っている、ということかもしれません」

「それでは……、魔獣の黒幕は公爵家の内部にいるということになってしまいます」

　目をまるくするリィラの前で、セドリックが痛みをこらえるように、少し顔をしかめた。

「セドリック様、怪我を？」

「ああ、それほど心配はいりません。少し背中を痛めただけで」

「それでもいけません、すぐに治療をしなくては！」

　リィラはブライルに起きてくれるよう頼み、自分も立ち上がる。

「ブライル、今日は本当にありがとう。気をつけて巣に帰ってね」

　そう言われると、ブライルは名残惜しそうにしながらも森へ帰っていった。

けれどふいに森の奥へは行かず、村の外周を回るような方向へ走り出し、その姿が見えなくなる。

何か気になることがあったんだろうか……と思ったところで、リィラは思い出す。

（そうだ。魔獣はまだ倒せていないわ）

また襲ってくるかもしれない。

賢いブライルのことだから、あの魔獣が近づいていないか気になって、見に行ってくれたのかもしれない。

考えてみれば、もう一度魔獣と戦う必要があるのは確実だ。

それなら、セドリックの治療を急ぐべきだとリィラは考えた。

「さ、セドリック様。一度館へ戻りましょう」

セドリックは立ち上がり、リィラと一緒に村へ向かってくれた。


館へ戻ると、デイルが真っ青な顔で迎えてくれた。

「魔獣が本当に出没したなんて！　怪我は、怪我はしていませんかセドリック様！」

怯えながら心配するデイルに、セドリックが苦笑する。

「怪我は、多少打ち身を作っただけだ。そして魔獣は逃げただけで、死んでいない。警戒しておくように兵に指示はしているが、治療の間は情報をお前の方で集約しておいてくれ。判断が必要なことがあれば俺のところへ」

「承知いたしました。あと、薬草医を呼びます！」

走り出そうとしたデイルをセドリックが止めた。

「俺よりも怪我がひどい者がいる。命に関わるようなものじゃないが、そっちを優先させてくれ。俺は消毒しておくだけで十分だから、リィラ殿に手伝ってもらう」

セドリックの言葉に、デイルがこくこくとうなずいた。

「休んでいてください、セドリック様」

リィラはセドリックが部屋に戻ったのを確認した後、治療のために薬を取りにいく。

それから彼の部屋に入ると、セドリックはすでにマントを外していた。

「セドリック様、上着を脱いでください」

傷口を確認するため、そうお願いした。

セドリックは上着を脱ぐと近くのソファの背にかけた。

内側には革の胸当てを身に着けていたようだ。

背中側に怪我をしたようだが、シャツが割けていないことから、切り傷ではないのは本当なのだろう。

セドリックがその下のシャツを無造作に脱ぎ、幅の広い肩と背中があらわになる。

そこまでの状態になって、リィラはようやく気づいた。

（あれ、今の私って、上半身裸の男性と一緒の部屋に二人きりでいる……？）

以前、はだけた服装のセドリックと顔を合わせた時のことを思い出す。

心臓がばくばくとして落ち着かないけど、今回はちゃんとやるべきことがあるのだ。

（治療をしなくちゃ。前回も今回も、ちょっと肌色の部分が広いことに怖気づいてるだけよ）

自分を鼓舞して、セドリックの怪我を探す。

魔獣の一撃が当たったのか、背中に一本の線が浮き上がるように紫に変色し、血が少しにじんでいる。

怪我を見て冷静になれたリィラは、手早く血がにじむ部分を消毒し、薬を塗る。

周囲の打ち身もどうにかできればいいが、なにせ傷口に近すぎる。

ちょっと考えて、傷口から離れた場所に熱や痛みを軽減する薬を塗り広げた。

あとは包帯を巻くだけ。

だというのに、そこでリィラは重大なことに気づいてしまう。

（これは……背中だけ見て作業するのは、無理!?）

セドリックの背中が広いせいで、手を精いっぱい伸ばしても、包帯をぐるっと背後から巻きつける作業ができない。やるならぴったりとくっつかなければならないが。

（さすがに、男性の素肌に密着するのは無理！）

かといって、前に回り込むのも恥ずかしい。

(直視できない……。でも、挙動不審なことをして、変だとセドリック様に気づかれたくない)

だからリィラは自分に暗示をかけようとした。

目の前にあるのは木だ。

ちょっと白っぽいし、表面が意外になめらかだったり、温かいけど、木。

そっと深呼吸して、気持ちをなんとか落ち着かせて、宣言する。

「包帯、巻きますね」

リィラは背後から作業をすることにした。顔を合わせる姿勢になったら、木だと思い込めなくなってしまうから。

怪我の部分に柔らかな布をあてて、その上から包帯を巻き始める。

いよいよ腕を伸ばすのが限界になったところで、覚悟してくっつこうとしたが。

「あ、前の方は手伝います」

セドリックが包帯を受け取って、自分の前側をぐるっと巻いてくれた。

「……ありがとうございます」

リィラは(最初からそうしてもらえば良かった!)と悔やみつつ、セドリックとの共同作業で包帯を巻き終えた。

手当を終えた後、シャツを着直してもらうとほっとする。

「魔獣の爪が直接触れたわけではないようですが、怪我のせいで熱が出るかもしれません。今日明日はなるべく安静にしてください」

言いながらも、リィラは難しいだろうな、と思う。

魔獣が出たばかりで、しかも倒したわけではなく、退けただけだ。

いつまた襲ってくるかわからないから、警戒し、備えなければならない。

セドリックはリィラの葛藤をわかってくれたのか、苦笑いする。

「具合が悪くなれば安静にします。お気遣いありがとうございます」

リィラの忠告を受け入れてくれるセドリックに、リィラは申し訳ない気持ちになる。怪我をした人に、気を遣わせてしまったからだ。

「いいえ。セドリック様ならご自身で判断できることでした。なのに、余計なことを口にしてしまいました」

しかしセドリックは首を横に振る。

「謝るようなことはありません。そもそもこの怪我も、自業自得ですから」

「え？」

自嘲する言葉に、リィラはびっくりする。

「一瞬動けず、ブライルの加勢を無駄にしてしまったのです」

「そんな……」

セドリックは精いっぱいやった。そう言おうとして、リィラは彼の行動が鈍ったことを思い出してしまった。

もしかして、あの時ことを言っているのだろうか？

するとセドリックは、リィラの心情を察したように説明してくれた。

「俺は……一年前、公爵家に戻りました。でもそうする決意をしたのは、魔獣に養父を殺されてしまったからです」

「え、魔獣に……？」

セドリックが苦々しい表情で続ける。

「リィラ殿には、亡くなったことだけしかお伝えしていませんでしたね」

それは一年前のある日のこと。

その少し前に、ランバート女公爵がセドリックの存在を突き止めた。

それからは何度となくセドリックに、公爵家に戻ってほしいと懇願していたらしい。

セドリックの方は、女公爵の願いを断っていた。

「誘拐された時、俺が幼なすぎたために、公爵家に関する記憶はほとんどありませんでした。だから他所（よそ）の家で育ったことは覚えていましたが、望郷の念はすでに消えてしまって……。それに養父の側にいて一緒に戦いたいと思っていましたし、そんな人生しか考えてきませんでした。そのようなわけで、公爵になる未来が見えなかったのです」

だけど、とセドリックは数秒の沈黙をはさんだ。

「養父が死にました。唐突に表れた魔獣に襲われた俺をかばい、殺されてしまったんです」

「そんな……」

噂ですら、セドリックの養父が亡くなった原因のことは伝わってこなかった。

だから、突然の病気や事故なのだろうと思っていたのに。まさか魔獣に殺されたとは思いもしなかった。

「それ以来、魔獣を目にすると養父の死を思い出してしまって……。動作に遅れが出てしまうことも多く、それでは魔獣の討伐などできないと先輩騎士にも叱られました。それで、自分を魔獣の討伐から遠ざけるのと、養父が『探してくれた親族を大切にするべき』と言ってくれたことを思い出し、公爵家へ戻ることにしたのです」

セドリックの目に、強い光が宿る。

「そしてもう一つ、養父を殺した魔獣について調べる、という目的もありました」

「公爵家が魔獣に関わっていたのですか？」

「証拠はありません」

セドリックは苦々しい表情になった。

「養父を亡くした頃、ランバート公爵領に近い場所で、妙に魔獣の出没件数が多かったのです。誰かが魔導士を使って魔獣を作らせているとしか考えられず、騎士団でも別動隊が魔導士の捜索をしていたぐらいです。しかし全く糸口がつかめなくて……。けれど考えれば考えるほど、魔獣を作り出した魔導士は、ランバート公爵領にいるとしか思えませんでした。そして魔導士を匿えるのなら、貴族しかいない。おそらくは分家の誰かでしょう」

公爵家の子息という立場に戻ったのは、復讐のためでもあったのか。

そして、愛した人が死んでしまったその時を目撃したセドリックは、心に傷を負ってしまった。そのせいで魔獣を見ると、一瞬動けなくなるのだとリィラは思う。

でも後遺症と呼べるものがその程度で済んでいるのは、セドリックの体に、戦うための動きが染みついているせいだろう。

(もしグレアムさんやバーサさんが目の前で魔獣に殺されたら……。私だったら魔獣を見るたびに錯乱してしまうかもしれないわ)

動揺を抑え込んで戦い続けられるセドリックは、リィラよりも心が強いと思う。

リィラは感心しているのに、一方のセドリックは自分に不満を感じているようだ。

「しかし時間が経ったはずなのに、未だに硬直する癖が抜けないとは。ふがいないことです」

「そんな風に思う必要はないです。少し驚くくらいで済んでいるセドリック様は、十分強いと思います。私だったら、とてもそんな風にはできません」

「リィラ殿……」

セドリックが苦笑いする。

「慰めてくれるのはありがたいです。けれど、魔獣が出現してしまった今、こんな欠点は致命傷にもなりかねません」

「でもすぐには治せませんよね？　それなら、誰かを頼るべきです。幸い、ブライルがいます。ブライルに頼んで一緒に戦ってもらえば、まず不意を突かれてセドリック様が命を失ったり、怪我をする確率は低くなります」

続けてリィラは言った。

「久しぶりに遭遇した魔獣だったから、ということもあると思います。二度目はもっと慣れているでしょう。それに魔獣が出たことは、考えようによっては悪いことばかりではないと思います」

「悪いことばかりではないというのは？」

聞き返したセドリックに、リィラは微笑む。

「予想通り、誰かがセドリック様を殺そうとして魔獣を操っていたのだとしたら……、この辺境でなら魔獣を操っている者やその背後にいる人間を、探しやすいはずです」

「どういうことですか？」

セドリックは首をかしげた。

「おそらくですが、以前セドリック様たちが魔獣を操る魔導士を見つけられなかったのは、このように完全な辺境ではなかったからだと思います。一番人が見つかりにくいのは、沢山人がいる町です。以前の事件現場の近くには、いくつか町がありませんでしたか？　少し離れたところには都市があったり……」

ハッとしたようにセドリックが目を見張った。

「その通りです」

「であれば、隠れる場所があるということです。けれどここは違います。周囲には町も村もほとんどありません。逃げるにしろ物資を調達するにせよ、至近の町からそれなりの量を運んで、どこかにため込まなければなりません。それなら動きが限定されます。……隣町に監視を置けば、魔獣を放った人間につながる人物が見つかるかもしれません」

食料などは、長く保存できるものばかりではないし、そればかりでは飽きてしまうのが人間だ。必ず、日持ちしない嗜好品を買っているはずだ。

「魔獣を操る人間が見つかれば、庇護していただろう人間の手がかりも見つかりますね……」

つぶやいた後、セドリックがふいにリィラを見つめて微笑んだ。

「やはり俺の目に狂いはありませんでした。リィラ殿は素晴らしい方です」

ほめられて嬉しくなったリィラは、ものすごく油断していた。

手を差し出されたから、握手をされるのだと思っていたのだけど。

「あらためて騎士として、あなたこそが我が姫とすることを誓わせてください」

「え」

と思った時には、握られた手の平に口づけられる。

触れた唇の柔らかさに、リィラはじわりと甘い感覚が手に広がった。

その甘さが首筋から頭の中にまで届いたように、リィラは自分が熱っぽくなったように感じたのだった。

とにかく怪我の治療も終わったのだからと、リィラはすぐにセドリックの部屋を出た。

「心臓に悪い」

あのままでは、おかしなことをしそうだった。

自分も魔獣に遭遇して、驚いたりして正気じゃないのかもしれない。一度部屋に戻って休もう。

そう考えて足早に廊下を歩いていると、階段を上ってきたアーロンと出会う。

「あ、アーロン様」

平民らしくお辞儀をすると、アーロンが心配顔で近寄ってきた。

「魔獣に襲われたって聞いたよ。怪我はしなかったかい？」

「はい。兵士さんやセドリック様に守っていただきました」

そう答えても、アーロンはリィラを色んな角度から眺める。それで全体を確認してから、
リィラの言葉を信じてほっとしたように表情をゆるめた。

「無事で良かった。でも服が破けている場所があるみたいだし、小さな傷はあるかもしれない

から、確認した方がいいよ」

言われて見れば、肘のあたりやスカートに、こすって破れた箇所が小さく二つあった。

汚れで気づかなかったみたいだ。

「お気遣いありがとうございます」

急いで服をつくろわなくては。立ち去りかけたリィラだったが、アーロンがそんな彼女の肩に手を置く。

「魔獣が出現してしまったんだし、この村も危なくなっちゃったよね……。もし不安だったら、この村を出た方がいいかもしれないよ？」

そんな忠告をされたものの、リィラは困ってしまう。

（私、ここ以外に行くあてもないのよね……。そもそも、魔獣が出たなら、村から隣町まで移動するのは危険じゃないかしら？）

リィラはそのままをアーロンに告げることにした。

「村の外で魔獣に襲われたら、ひとたまりもありません。私は村から移動する方が怖いです」

アーロンは虚を突かれたような表情になった。それからややあって、さらに逃亡を勧めてくる。

「ええと、他にも魔獣を怖がる人はいるんじゃないかな？　出て行きたい人が多ければ、兵士を護衛にして脱出することになると思うんだ。その時に移動したらいいんだよ」

「村を捨てるのなら、そうなると思いますが……」

そんなことは決定もしていないし、セドリックの状況からいっても村を放棄するとは思えない。

そもそも、一度魔獣が出現しただけで村人に被害が出ていない。なのに、村の放棄を即決定はしないと思う。

リィラの反応が悪かったせいか、アーロンが苦笑いする。

「セドリック殿も怪我したんでしょ？　あんなに強いのに。このままではいつか、誰かが魔獣の犠牲になるかもしれないよね。その前に、君だけでも避難してくれたらなって思ってさ」

ずいぶん熱心に説得するなと思いつつ、リィラは答える。

「でも私は、行くあてがありません」

「だったら、僕の領地に行くのはどう？」

アーロンの提案に、リィラは目をまたたく。

「どうして私に、そこまで？」

出会って数日の平民の娘を、自分の領地に招くなんて、どういうことだろう。

つい尋ねてしまうと、アーロンはようやく自信を取り戻したかのような笑みを見せた。

「……君のことが、気になっていたから」

気になる？

リィラは気にする理由をいくつか想像し、それからアーロンに謝った。

「お気に障ったみたいで、申し訳ございません。目障りで気になるから……村から出ていくべきだとお思いなのですよね？」

するとアーロンが慌てる。

「いや、違っ、そうじゃなくて、君のことを女性として好きな気がするっていうことで」

「え……好きな気がする？」

考えてみれば、アーロンは先日もリィラとの距離を詰めようとしてきていたような。

でもやんわりとした言い方のため、こちらもお断りの言葉が言いにくい。

(ここはアーロン様のためにも、しっかりと身分の違いを話しておいた方がいいわよね)

公爵家の分家であり、れっきとした男爵位を持っている人だ。いずれは貴族の令嬢を妻に持つことになるだろうに、平民の娘にちょっかいを出して、後で問題になっては申し訳ない。

リィラも巻き込まれたくはないし……。

そこでリィラは、忠告という形で答えることにした。

「同情だけで平民の娘に甘い言葉をささやくのは、お勧めしません」

「……はい？」

アーロンが目を丸くする。

「アーロン様は、男爵様です。身分あるご令嬢をお迎えになる時に、私のようなものに関わっていると、ご不都合なことも出てくるでしょう。私もこのことは忘れます。ですから今の言葉は、なかったことにいたしましょう」

それでは失礼します、とリィラは一礼し、顔を上げた。

アーロンはぽかーんとしている。

まさかリィラの方から平民に気持ちを向けるのは勧められない、と忠告されるとは思わなかったのかもしれない。

これでアーロンが諦めてくれたらいい……と思ったリィラは、ふと、アーロンよりもさらに向こうにいる人に気づく。

扉を少し開けて、セドリックがこちらをのぞいていた。

びっくりした顔をしているセドリックに、リィラはちょっと微笑んでから自室へと向かった。

セドリックが見ていたのなら、なおさらアーロンに指摘しておいて良かった、と思いながら。

※※※

窓の下に、村人と一緒にどこかへ歩いていくアーロンが見える。

あれ以来、もやもやとしていたセドリックは、ついつぶやいてしまった。

「……………けしからん」

「何かおっしゃいましたか？」

執務室で一緒に仕事をしていたデイルが声をかけてくる。

「いや、なんでもない」

先日、リィラに絡んでいたのを見て以来、セドリックがアーロンにもやもやしたものを抱えているだけなのだ。

アーロンはよくやってくれている。

今日も魔獣に怯えて、村を出たがっている者がいるからと、説得のため出かけているのだ。

（だが……）

セドリックはぎり、と奥歯を噛みしめた。

（リィラ殿に迫るのだけは見逃せない！　俺だって何度もしつこくするのはこらえて、時々だけにしているのに！）

リィラは慎重な人だからこそ、自分が「そうかも……」と感じなければ、流されて結婚する人ではない。

だからセドリックは、少しずつリィラと交流を深めて、少しでも結婚や恋愛の話がさらっとできるような間柄になろうとしていたのに。

そんなセドリックの前で、アーロンは二度もリィラに声をかけた。

しかも二度目は、リィラに好きだと思っているらしきことを言っていた。

リィラ自身はその積極性にドン引いたのか、遠回しに断ってくれていたものの……。

(だからといって、リィラ殿がいつまでもアーロンにほだされないとも限らない)

なにせアーロンは、セドリックよりも面倒くさくない相手なのだ。

公爵夫人になるより、男爵夫人になる方が、自分はすでに平民だと位置づけているリィラとしては怖くないだろう。そして周囲のあたりもまだ柔らかいに違いない。

それにアーロンは、セドリックほど敵がいないのも重要だ。

安全性という面で言えば、セドリックは負けている。

(せめて村の状況が良かったら、リィラ殿のことだけに注力できるというのに)

魔獣の問題は、リィラの生命にも関わる重大事件だ。これを解決しなければ、リィラとの結婚どころではない。

しかし一週間経ったが、あの魔獣は村の近くに出現していなかった。

先日の戦闘での怪我が深く、村を襲える状態ではなくなったのかもしれない。

出現直後は警戒していた兵士たちも、今は息が詰まるほどのひどい緊張はしなくなっていた。

休みをとりつつ、余裕を持って監視と警戒にあたれるようになったため、次の襲撃があっても慌てずに対応できるだろう。

むしろ、緊張が続いているのは村人たちだ。

一週間のうちに三人が村を出たいと訴えてきた。

報告するアーロンが「説得したのですが……」と苦悩していたが、恐怖感ばかりは説得ではどうにもならないだろう。

とはいえ村から出るのも危険だ。小さな集団の方が、村を襲うよりは簡単なのだから。

もう少し待てば、増員が来るはずだ。そうしたら少しは村人も落ち着くと思う。

その時にどうしても村にいるのが耐えられない者は、増援が到着した後で、護衛をつけて隣町まで送ろうと思っている。

(嫌がる者を無理に留めても、他の人間の足手まといになるだけだからな。しかし、触発されて他の者も村を出たがった場合が困る)

この村は、まだ人数が少ない。

農作物を作り、木を伐り出して必要な設備を建てたり補修したりするだけで、手一杯だ。

そこから数人抜けるだけで、手が回らなくなることが出てくるはず。

十人も抜ければ、農業以外はほとんどのことを中止する事態になりかねない。

「入植者を早めに増員するか……」

本格的に入植してもらうのは魔獣の件が解決してからになる。だが魔獣への対応が長引けば、増員を連れてこられない。

「難しいな」

ついもらしてしまう。

セドリックは気分を変えるため、席を立った。

「少し村の周囲を見てくる」

「それなら、ブライルが来ていると聞いて、リィラ殿が向かったはずです。そちらに行かれてはどうでしょうか？」

デイルが教えてくれた。

「どこだ？」

「町へ向かう道の方です」

珍しい場所だな、と思いながらセドリックもそちらへ向かった。

ブライルは森のある方向から来ることが多い。町へ向かう道の方は正反対になるため、そちらにはあまり顔を出さないのだ。

それでも行ってみると、確かにリィラとブライルの姿が見えた。

彼女の元気そうな様子を見ているだけで、セドリックはほっとする。

「リィラ殿」

声をかけると、彼女は振り返って微笑んでくれた。

とたんにセドリックの視界が、薔薇（ばら）色に彩られたように明るくなった気がしてしまう。

(俺が手配した服を着てくれているからか……？)

今日のリィラの服は、前のものとほぼ同じ替えの服だ。セドリックが布を取り寄せ、仕立て屋のレナに作ってもらったのだが、そっくりな服を渡されて、リィラは困惑していた。

魔獣のことで今後も服が傷む可能性を話したこと、異常に華美な服ではなく、ほぼ同じデザインだったこともあって、リィラは受け取ってくれた。

しっかりと、黄色や青のスカートと、揃いのカチューシャも渡していて、一応着まわしてくれているようだ。

セドリックはリィラに話しかけた。

「ブライルが来ていると聞いて来ました。魔獣について何か言っていますか？」

ブライルは魔獣の血が入っているからだろうか、人間の言葉を理解し、かなり明確に返事をしてくれる。

おかげで、人の足では踏み込めない場所や、村からかなり離れた場所の情報をもらえているのでありがたい。

「先日戦った魔獣については、血の跡がある一点から消えてしまっていて、追えていないようです。けれど魔獣の気配はすると言っていました。その気配がする場所は、柳の生えている池の近くに偏っているようです」

「そうですか……」

話を聞き、セドリックは悩む。

魔獣はやはりどこかにはいるらしい。けれど近づいてこない。

「通常、魔獣は怪我をさせられたら復讐に来るものです。一方で、敵わないとわかった場合は逃げてしまいますが……」

「そこは普通の獣と似ていますね」

リィラの言葉にうなずく。

「それにしても、ブライルは……何をしているんですか？」

ブライルは、村の柵をくんくんと犬のように嗅ぎまわっている。

「何か気になるものがあるらしいんです。ただ私がうまく尋ねないと、ブライルは『はい』か『いいえ』でしか表現できなくて、詳しいことがわからないんです」

リィラが勘で当てるか、近い物事を探り当てなければブライルの意図を引き出せないのだ。

意思疎通ができないよりはマシだが、少々やっかいだな、とセドリックは思った。

そうしているうちに、ブライルが移動する。

リィラがついて行きたそうにしているのと、嗅ぎまわっている理由が知りたかったセドリックは、近くにいた兵士を二人ばかり連れて、残りの一人には応援を呼ぶように言い置き、リィラと一緒にブライルを追いかけた。

ブライルはぐるっと村の周囲をめぐった。

さらに柵をしつこく嗅ぎ、村の外へと移動を始めた。

ブライルはその方向へリィラたちを誘導したいのか、ゆっくりと、振り返りつつ進む。

警戒しつつ、村へすぐ戻れる範囲まで……と思いながらついていくと、藪の向こうの木立の中に、くずれた櫓のようなものがあった。

ブライルはそこを気にしていた。

「ブライル、そこに魔獣がいたような臭いがするの？」

リィラがピンときたようで尋ねると、ブライルが二度うなずいた。

「魔獣が潜んでいた？　何日前のことか聞き出せますか？　リィラ殿」

いつ魔獣がここにいたのかで、判断が変わる。

セドリックの要請を受けて、リィラが「三日前？」「一週間前？」とブライルに確認した。

「……およそ一週間前のようです」

「襲撃と同じ時期か。その後は魔獣が近寄っていないのかもしれませんね」

「だとすると、ブライルは何の臭いを気にしているんでしょうか」

セドリックの疑問に、リィラは少し考えた後で何かを思いついたようだ。

「ブライル、ここに魔獣を誘引するような臭いがあるの？」

質問内容に、セドリックははっとさせられる。

そうか。一週間前の襲撃で返り討ちにされ、魔獣は怪我をしたから村に近づかなくなった。

けれどその前は、魔獣をひきつける臭いがしたから村に近づいたのではないか？

そして質問に、ブライルはうなずいた。

村の柵や櫓にわざわざ臭いをつけて回る動物などいない。人間ぐらいだ。

「村を襲わせようとした人間がいた、ということだと思います」

セドリックが考えを口にすると、リィラの表情が曇る。

「私もそう考えました……魔獣を誰かが操っていたのは、確定しましたね」

「後は誰がやったかがわかれば……」

陸の孤島のような村だ。人の出入りは監視しやすい。だが魔獣が出没するとなれば、ここを見張るのも簡単ではない。

考えていると、リィラが提案してくれる。

「まずは村が襲われないよう対策をしましょう。村の柵を一度水で流して、臭いがしなくなったかブライルに確認してもらおうと思います。それだけで魔獣の襲撃の確率を少しは下げられるのではないでしょうか？」

その案に、セドリックは即うなずく。

早速作業を行うため、村に戻ることにした。

その道すがら、リィラは不安そうに言う。

「それにしても、いつ村の柵に魔獣が寄ってくるような臭いをつけたのか……。村に人が来てからでしょうか？」

リィラが何を不安に思っているのか、セドリックも気づく。

「リィラ殿は……村人の中に、魔獣と関わりがある人間がいた可能性をお考えですか？」

聞くと、リィラが「はい」と答えた。

「魔獣を後から連れてくるのは、目立って仕方ないと思います。だから村人が魔獣が引き寄せられる臭いをつけてから、別の者が離れた場所に魔獣を放ったのではないでしょうか」

「臭いをつけるだけなら、夜陰に紛れて行動すればいいことですからね」

魔獣を警戒するにしても、見張りの兵士が常に村の全体を視界に収めているわけではない。

しかも到着して間もない頃ならば、外は警戒しても内側は穴ができていただろう。

「そうだとすると、やはり公爵家に関わる人間が、魔獣を操っていたということですね」

公爵家の一族に、魔獣を飼っている人間がいるかもしれない、という可能性。

それが深まったとセドリックは考えたのだった。

四章　魔獣を呼び寄せる者

「すみません、もう無理なんです……！」

村の柵を洗浄してから四日目。

リィラが村を歩いていると、そんな声が聞こえた。

鍛冶屋の弟子が、アーロンと立ち話をしている。

「今日、もう一度説得してみると言っていたわね」

村人の魔獣への恐れは解消されることはなく、二日ごとぐらいに村を出ていきたいと訴える者が現れている。

それを後押ししたのは、昨日、兵士の増員が到着したからだと思う。

警備が厚くなったことで、逃げ出したかった人たちはより自分の衝動を抑えきれなくなった。

どうしても村を出たい者は、増員が到着後に手配する、とセドリックが表明したせいだ。

そして村を脱出したい人が増えてしまった。

セドリックとしては、説得以上のことはできないし、嫌がる人間をとどめても仕方ないと考えているみたいだ。

混乱して、魔獣が襲撃してきた時に被害を拡大させるようなことをされるより、怯えている者は村から出そうという方針になったのも、その考えがあるからだろう。

それでもアーロンは、説得で思い直してくれるなら、と村を出たい人の家を回っていた。

「でも話してくれるだけいいのかもしれないわ。突然失踪されるよりは、マシだもの」

昨日は、村唯一の薬草医が失踪してしまった。

ここ数日、顔色を青くして怯えていたというから、恐怖に負けて突発的に行動してしまったのだろうと村人が話していた。

魔獣以外にも、熊とか怖い生き物がいるのに、無事に町へたどりつけたのだろうか？

リィラはそこが心配だった。

そんなことを考えつつ、村長の館へ向かう。

今日は町からの馬車が到着するはずだった。

セドリックが連絡をした結果、この領地の私兵を融通してもらえることになり、町と定期的に馬車が行き来することになった。その第一便が来るのだ。

馬車の御者やそれを運営する町の人間が、魔獣を操る人間とつながっている可能性もあるが、セドリックは豪胆な考えの持ち主だった。

「それならそれで、襲われないから町からの荷物は無事に届きますよ。自分たちが死にたくはないでしょうし」

もっともな話だ。

同時に、リィラはセドリックは領主としての適性が高い、と感じていた。

人々の要望を聞きつつも、自分の意に反する人間の思惑をも織り込んで運営していけるなら、かなりのやり手になれるはず。

まだ最終判断をリィラに任せることは多いけれど、今年中には立派に一人で村の運営ができるようになるはずだ。

そうなれば、セドリックはすぐに村の運営をやめて、もっと大きな町に赴任する。

その後は……。

「もう、会えなくなるかもしれない」

リィラはつぶやく。

今のリィラは、セドリックの侍女という名目で側にいる。

でも本来、男性貴族に侍女などいらないのだ。

必要のない役職を置き続ければ、その異常さから、リィラのことをうがった目で見る人が出てくるだろう。

身分の低い愛人を側に置く言い訳を作ったのだろう、と。

その時に悪しざまに言われてしまうのは、セドリックだ。

(迷惑をかけるなら、私はここにいた方がいい)

元々そのつもりだったのだから、リィラはそうしようと思う。

（でも、嬉しかったな）

再会してすぐに手を差し伸べてくれたセドリック。

結婚の申し出も……申し訳なかったけど、何一つ持たない自分を抱え込んで守ろうとしてくれた気持ちが嬉しかった。

かといって、リィラが負い目を感じすぎる形では、受け入れるのは難しい。

諦めようと思いつつ、でもセドリックの側から離れがたいと感じていることに気づかないまま、もやもやとしている気持ちを抱えていたリィラは、道端でバーサたちと出会った。

「おやリィラ」

「バーサさん！　柳を採ってきたんですか？」

バーサは柳でカゴ作りをしている女性たちと一緒に、一抱え分の柳を持っている。

「ああ。いつまでも出てこない魔獣を怖がっていても仕方ないしね。周辺の安全確認をしたって聞いて、みんな木を伐ったり採取に出てるよ」

「何もありませんでした？」

魔獣が出ると、それに恐れをなして棲み処を移動する動物もいるという。だから熊やイノシシが出てきてもおかしくないと思って聞いたのだけど。

バーサに笑われてしまった。

「あんたのワンコがちょくちょく見に来てくれるんだよ」

「私の、ワンコ？」

リィラは目が丸くなる。

「ほら、大きな白いオオカミ。あれが他(ほか)のオオカミと一緒に、ちょいちょい遠くから見張っててくれるんだ」

ブライルのことだ。

リィラに会っていない時は、村の見回りをしてくれているらしい。おかげで安心して出られるとバーサは教えてくれた。

なんていい子だろうとリィラが感動していると、バーサと一緒にいたメリダがニヤニヤしだした。

「ご領主様も見回りに来てくれてるよねぇ？」

「そうそう。でもご領主様は見回りする時って、リィラが近くにいる場所が多いわ」

メリダの娘もニヤニヤし出した。母娘でそっくりの表情になるのが面白い。

が、リィラのことを揶揄(やゆ)しているらしい。なぜ？　と首をかしげていると、仕立て屋のレナが話を振ってくる。

「ところで……ね？　リィラさん」

「そうよそうよ、リィラ」

女性たちがさりげなく寄り集まってきて、意味深な笑みを浮かべる。

「ご領主様とはどうなってるの？」

「……はい？」

まさかそんなことを聞かれるとは思わなかったので、リィラは目をまたたく。

どうなってるって、どういうこと？

鈍い反応に、じれたようにメリダの娘がみじろぎしつつ言った。

「はい？　じゃないわリィラ！　あんなにご領主様がリィラのことを気にしてるのに、全く何にもないの？　恋愛の話とか！」

「ええええええ!?」

突然何の話をされるかと思ったら、恋愛の話だったらしい。

(でもなんで？　セドリック様と外を歩いている時に、そんな雰囲気になったりしたことないし、結婚の話をした件について漏らしてないのに？)

わけがわからずにいるリィラに、村の門近くに住んでいるローナが言う。

「まさか、あそこまでアプローチされておいて、何も知らなかったわけではないわよね？」

「あ、アプローチって」

「んまっ、本気で気づいていないのかい!?」

柳を人一倍持っていた木こりのルヴィーナが、柳の束を道におろしてぐいっと顔を近づけた。

「ご領主様が嬉しそうに笑いかけてるの、リィラにだけなのよ？　知らない？」

「みんなに優しい方だと……」

本当にそれは知らなかった。セドリックはいつも優しそうな表情をしているから。

すると全員が、温い笑みを浮かべた。

「そうねぇ。自分じゃ実感できないのかしらね」

「うふふふ。なんか可愛いわぁ」

メリダの娘はものすごく楽しそうだ。わくわくした目でリィラを見ている。

ただリィラの方も、否定はできない。

笑ってごまかそうとがんばる。

(好きって、ご本人に言われてたから否定しにくい……。ああ、平静を保とうとしてたのに、思い出したら恥ずかしくなりそう)

結婚したいのは本心からのことだと説明までされたのに、それを否定するわけにはいかないし。彼が本気らしいことは、思い知らされている。

さらには指先を噛まれた件について頭をよぎって、顔が熱くなってしまった。

なんとか冷まさなければ……と考えていたら、自分の名前を呼ばれた。

「あ、リィラ殿！」

振り向けば、デイルが走ってきていた。

「すみません、ブライルのことでお願いがありまして。先ほど到着した馬車のところまで来てくれませんか？」

「わかりました！」

何があったのだろう。不安になりながら、リィラはデイルと一緒に走り出した。

（ブライルが人を襲ったとか？）

人を襲わないように言ってあるので、万が一はないと思うのだが。

とにかく現場を確認して……と思い、リィラは村の入り口に急いだ。

到着してみると、そこには馬車が四台いて、ブライルと他のオオカミもうろうろしていた。

御者や馬車に乗っている人たちは、オオカミを警戒して顔を青くしているが、彼らを取り巻いている村人やセドリックの兵は、首をかしげながらそれを見ているばかりだ。

「ちょっ、このオオカミを早くなんとかしてくれ！」

「大丈夫大丈夫、噛まないから」

悲鳴を上げられても、村人はほっこりとした表情で言うばかりだ。

バーサが教えてくれたように、村人たちもブライルに慣れたのかもしれない。

しかし初めて出会う人たちは違う。

「そんなこと信じられるか！」

「それより、なんで馬車を気にしてるんだろうなぁ」

「んだべなぁ」

村人と兵士は不思議そうにしていて、馬車から先に降りていた護衛の兵士たちは、オオカミへの戦闘を止められ、少し離れた場所で困惑したまま立ち尽くしている。

「ほんとうにどうしたのかしら」

リィラはそう言いながら、ブライルに近づく。

ブライルはくんくんと馬車を嗅いでは、御者にも近づいて怯えさせていた。

「ブライル、何か変な臭いがするの？」

側に言って聞くと、ブライルはうんうんとうなずいた。

「臭いっていうと、村の柵みたいな？」

首を横に振ったので、それは違うらしい。

「気になるほど嫌な臭いなの？」

ブライルはどう答えたらいいのか困っている様子だった。グルグルと唸って側にいた御者を卒倒させかけながら、リィラの手に頭をこすりつけてくる。

「嫌な臭いではないのね？」

うんうん。

「でも気になると」

うんうん。

ブライルとのやりとりで、おかしな臭いが馬車についていて、それを感じたブライルたちが集まってきたとわかった。

「おい、誰かこのオオカミを早くなんとかしろ！」

ずっと放置されていたせいか、商人らしき口ひげの男が怒り出す。

しかしオオカミたちが一斉に彼を見ると、怖気づいて馬車の荷台に引っ込んでしまった。

大人しくしてくれているとはいえ、いつまでもこのままというわけにもいかない。

リィラがブライルたちを引き離そうとしたところで、セドリックがやってきた。

「オオカミが集まっていると聞いたが……」

セドリックがデイルに事情説明を求めた。

「町から来た物資などを積んだ馬車を、オオカミたちが嗅ぎまわっているんです」

説明を受けたセドリックは少し考えて、ブライルに近づいて尋ねた。

「今まで嗅いだことがない臭いがするのか？」

ブライルは質問者が不服なのか、横目でセドリックを見ながら嫌そうにうなずいた。

それでも返事をしたので、先日の勝負をブライルもきちんと受け入れているのがわかる。

セドリックはそこを気にせず、得た情報から原因を考えているようだ。

「どうでしょう、原因がわかりそうですか？」

リィラが尋ねたものの、ややあって「いや」という言葉が返ってきた。

「とにかく荷物や人を村に入れてしまおう。このまま立ち往生させるわけにもいかない。ただ、馬車は荷物を下ろしたら、この村の入り口まで移動しておくように伝えてくれ」

セドリックの指示に、デイルが言われた通りに動き出す。

リィラの方は、ブライルに頼んでオオカミたちを移動させていた。

「とりあえずこっちに」

リィラはブライルとオオカミを連れて、村の外へ一度出た。

するとセドリックもついてくる。

「ちょっとブライルに尋ねてもいいですか？」

「はい、承知いたしました。それでは声が聞こえない場所へ行きましょう」

リィラたちは村の入り口から少し離れた、でも様子がよく見える場所で立ち止まる。

ここなら何を話しても、村の人には聞こえないだろう。

(秘密の話をするのかしら？)

村の人がいたら聞けないようなことって……魔獣のこと？　とリィラは予測しつつ、セドリックの行動を見守る。

「あの馬車についているものと近い臭いを、以前嗅いだことがあったんじゃないか？　ブライル」

ブライルは微妙な顔をしながらも、うなずいた。

「それなら、種類は違うけど気になる感じが近いってことか……」

考えをまとめるためのつぶやきに、ブライルがうんうんとうなずく。

そこでセドリックが質問をした。

「近い臭いというのは、もしかして村の柵の臭いか？」

ブライルがうなずいたことで、リィラもセドリックも息をのんだ。

嫌な臭いではないけど、近いというなら……おそらくは魔獣をひきつける臭いだろうか。

「魔獣を呼び寄せようとしたんでしょうか？　でも、馬車にそんな臭いをつけたら、村へ来る前に襲われてしまいそうですが」

「その線で考えると……臭いの利用法は二つ考えられると思います。一つは町に魔獣を操る者がいて、魔獣の目印になる臭いをつけ、わざと襲わせて俺の責任問題にしようとした場合。でもこれは、無事に村に着いているので、可能性が低いでしょう」

セドリックは推測を続ける。

「もう一つは、町に魔獣を操る者がいるのは同じですが、仲間が魔獣に襲われないような臭いをつけた場合です」

「魔獣に襲われない臭い……なるほど。魔獣が嫌がらない――というか、魔獣が仲間だと思えるような臭いをつけた、ということでしょうか？」

「そうです、リィラ殿」

肯定したセドリックに、リィラはなんとなく声を潜めて聞いた。

「仲間が、あの中にまざっていると？」

「可能性は高いでしょう。もしくは、本人がいるのかもしれません、リィラ殿」

「本人が乗り込んでくるでしょうか？」

なにせ辺境の小さな村では逃げ場がない。

バレれば王国中から捜索され、捕まったら処刑を免れない犯罪者がわざわざ来るとは思えなかったのだ。

「理由は一つ思いつきます」

「それは？」

「確実に、俺を殺すことでしょう」

「え……」

自分が殺されそうになっていることを淡々と語るセドリックに、リィラは驚く。

セドリックはそう考えた理由を説明してくれた。

「村の運営を覚えたら、次はこの地域一帯を治める仕事に移る予定です。すでに俺の名目上の肩書に、この地方の領主というものがついています」

リィラはうなずく。

「この村を出た次は、屈強な騎士や兵士が十重二十重に周囲を固めやすい堅牢な屋敷で暮らすことになります。そうなってからでは、魔獣を差し向けて俺を殺せなくなります。だから焦っているのだろうと思うのです」

「でも、どうして急に……」

リィラの疑問に、セドリックが微笑む。

「おそらく、先日の魔獣の襲撃で大怪我ぐらいはさせるつもりだったのが、ブライルもいたことで全く歯が立たなかったのも理由の一つだと思います」

ブライルが、こころなしか胸を張った気がした。

自分のおかげだと言わんばかりで、可愛くてリィラは微笑んでしまう。

「もう一つ。リィラ殿のおかげで、村の再建が早く終わりそうなことに焦ったのだと思います。デイルだけが補佐をしている状態では、もっと手間取ると予想していたのに、さっさと手をつけるものを選別して、順調に設備も整えようとしているわけですから」

なるほど、と言おうとしてリィラは言葉を止める。

「どうしてそんな細かいことまで把握……いえ、この村に入植した時から、すでに魔獣を操る人間の仲間が入り込んでいる、とセドリック様はお考えなのですね？」

さもなければ、セドリックの様子を詳細に把握できない。怪我の有無ならまだしも、村の再建の展望を図るとなれば、今セドリックがやろうとしていることや、今後の作業によって得られるものを知らなくては無理だ。

「一体誰が？」

「それを、早く炙り出さなくてはなりません」

重々しく言うセドリックに、リィラはつばを飲み込んだ。

裏切者探しをするのだ。

覚悟はしていたし、それとなく魔獣をおびき寄せる痕跡を見つけた場所を監視もしていた。

でももっと積極的に探すことになったのだ。

見つけた時に、最も近しい人だった場合はきっと辛いだろう。

せめて入植した村人の中にはいませんように、とリィラは祈るばかりだ。

そこへ、村からデイルが走ってきた。

「どうした。荷物のことを頼んだはずだが」

尋ねたセドリックに、デイルは「アーロン様に一時任せてあります」と告げる。

「そんなことよりですね、隣の町長から私兵が送られてきたようなんです。あげくに運ばれてきた物資の内容もおかしくて、まずはセドリック様に内密にお知らせしようと思いまして」

「内容が？　足りなかったとかですか？」

リィラの頭の中には「レンガが足りなかったらどうしよう」という言葉が浮かぶ。

魔獣の出没のせいで、ゆっくりとスレート岩を運んでいる場合ではなくなった。そのせいで、建材として町から送られてくる追加のレンガを熱望していたのだ。

デイルはそのことを察したのか「レンガは大丈夫でした」と教えてくれる。

「ただ、頼んでいないはちみつが沢山あったり、小麦の量がやたら多いと思ったら、芋が少なかったり。にんじんの量もおかしかったですね。肉も少なめでした。これだと狩りをしなくてはならないようです。あと、必要のない花水が入っていましたか」

花水は、化粧水の代わりになるものだ。貴族なら香水を作るときにできる薔薇水などを使うが、庶民が買えるような値段ではない。

村や町では、少しだけ贅沢をしたい人が、香りのいい野花を煮詰めて香りを移して作る。真似をしたものなら作れるのだ。

でもこの村では、身なりにかまえるだけの余裕はまだない。そのためバーサたちの誰もが、まだ花水のことを話題にすらしていなかった。

「なぜそんなことに……？」

思わずリィラが言うと、デイルがため息とともに説明してくれた。

「御者から聞いたのですが……。我々は町長に公爵家本家からの荷物が来たら、他の必要物をそろえて持ってきてほしいと頼んでいました。しかし本家からの依頼で荷を運んできた者に、ルアート男爵の叔父なる人物――ポール氏が『自分たちが現地まで運ぶから』と言って代わったようで。しかも妙に急いで出発したらしいですね。予定よりも急いだせいで、必要な荷物を確認せず、ポール氏が持ってきた荷物を適当に載せてきてしまったらしいです」

「…………」

リィラは眉間にしわが寄る。

ものすごく怪しい。

魔獣が出没している場所に、好き好んで近づく人間なんていない。

倒そうと思ってできないわけではないが、不意を突かれれば十人二十人の騎士がいても全滅させられることだってあるのだ。

そんな場所に急いでやってくるものだろうか？

ブライルが感じた臭いといい、その男爵の叔父ポールが怪しすぎた。

しかも、もう一つ問題がある。

リィラはポケットにねじこんでいたスカーフを出す。それを頭にかぶって、なるべく髪を外に出さないようにした。

「どうしたんですか？　リィラ殿」

「その……。我が家の領地が借金のかたに取られてしまった件なんですが、その借金先がルアート男爵家でして」

「……………あ」

セドリックもそれを思い出したらしい。

デイルも忘れていたようで、口元をおさえて驚いた。

「グルルゥ」

なぜかブライルが妙に不機嫌そうな唸り声を上げた。リィラの不安を感じ取ったのだろうか？

「こんな偶然があるんでしょうか……。私を探しているらしいという話は聞いていましたけど」

「魔獣が、リィラ殿の家の借金に関わっていたわけではない……ですよね？」

デイルが言うと、セドリックはそれを否定した。

「リィラ殿がここにいることは知らないはずだ。先ほども顔を見たはずなのに、何も言わなかった。だから探しにきたわけではなく、魔獣の件に関わってここへ来ただけなのかもしれない」

「偶然、だといいんですけど……」

リィラはもう一つ気になることがあった。

「なぜ私を探しているんでしょう。やっぱり仕返しをしたからでしょうか？」

「仕返しですか？」

デイルに尋ねられ、事情を知らなければ対応も難しいだろうと、リィラは話しておくことにした。

借金で領地を取られてしまったものの、少しぐらいはやり返したくて、爵位返上の手紙を王家に出したことを。

「そのせいで、男爵家は『借金のかたに取り上げたというが、王家は認めていない！』と国王からごねられ、領地として認めてほしければと、追加の税を要求されて支払ったそうです。それを恨みに思っている可能性は高いかと……」

話を聞いたデイルは、ふむ、とうなずく。

「では、リィラ殿を探しているのは、私怨かもしれませんね」

第三者にそう言ってもらえて、リィラは少しほっとする。魔獣まで絡んでいたら、本当にややこしくて頭が混乱してきそうだから。

「なんにせよ、ルアート男爵家のポールとやらの動きは、様子を見なければならないな」

セドリックがそう言う。

「その男が敵の一味なら、村にいる協力者に接触するはずだ」

「あ、そういえば荷物の対応と一緒に、男爵家の方の対応もアーロン様に任せていますが、どうなさいますか？」

デイルの質問に、セドリックは即答する。

「アーロンには黙っておくように。全てを知っている人間は少ない方がいい。こちらは『何も知らないみたいだ』と油断させたい」

ポールのことを疑う様子がないアーロンには悪いが、敵を騙すのなら味方から、とアーロンには内緒にしておくことになったのだった。


その日から、さりげなくデイルとセドリック、リィラで行動の監視を始めた。

ポールを一日見張っていたものの、特に大きな動きはない。

新たに連れてきた兵士たちも、大人しく従っている。

セドリックは、新たな兵士だけの隊を二つ作り、先に村に来ていた者を案内として一人ずつつけておいた。

そして村の外の巡回をさせている。

村の中であれこれ動き回らせたくないのと、こちらの動きを見せないためだ。

一方のポールは、ものすごくセドリックと仲良くしたかったらしい。

夕食時には、兵士たちと一緒に簡素な食堂で食事をしていることに文句を言い、セドリックと自分、アーロンという公爵家の血縁者だけでの豪華な食事会を望んだ。

相手の情報を得られるだろうかとセドリックが一度だけ応じたものの、ポールは自分の娘を公爵家で働かせたいらしく、売り込みしてきただけだった。

夕食後、執務室でリィラやデイルと集まったところで、セドリックが深いため息をつく。

「見合い話から逃れられると思って、開拓村に来たというのに……」

結婚話をされるのが、心底嫌だったらしい。

手で顔を覆っているセドリックに、デイルが同情した視線を向けた。

「公爵家の城でも、極力貴族令嬢が訪問してくる時には、出かけたりと逃げていらっしゃいましたよね。怪我をしてダンスができないふりをしたり……私も様々にご協力いたしました」

さすが公爵家の跡取りだけあって、降るように婚約の話が来ていたらしい。

セドリックは話題を変える。

「とにかく、すぐにしっぽを出すわけもないので……町へ馬車が出発するのが三日後だったか？　それまで監視を続けよう。必ず何か動きがあるはずだ」

辛抱強く待つしかない。

三人とも同じ認識を共有し、うなずき合った。

そして翌日、事態は大きく動いた。

狩りをしに行った兵士と村人が、魔獣を目撃したのだ。

魔獣がこちらに気づいていないようだったから、急いで村へ戻ってきたおかげで、全員無事だった。

入れ替わりに、セドリックが精鋭の兵を四人だけ連れて様子を見にいったが……。

夕食の時間を過ぎても、セドリックは村に戻らなかった。

村人を動揺させてはいけないと、アーロンやデイルは何事もなかったかのようにしているため、騒ぎは起こっていない。

リィラとしても、ブライルも巡回してくれているし、何かあればセドリックを助けてくれると信じてはいる。が、やはり無事な姿を見るまでは落ち着かない。

男爵家の人間であるポールと顔を合わせるのをさけるため、リィラは自室で食事をした。

その後、リィラが探しに出ようかと薄いマントを羽織った時だった。

窓に、こつんと小石が当たる音がした。

リスでもいるのだろうか？

窓に近寄ったリィラは、館の下にバーサがいるのを見つけた。

いつもなら館へも普通に入ってくるのにと思いつつ、リィラはバーサに会うため外へ出た。

「どうしました？　バーサさん」

「ちょっと家に来てくれるかい？　渡したいものがあってね」

言われてリィラはバーサとグレアムの家へ向かい、中に入った。

グレアムもそこにいたが、挨拶もそうそうに打ち切って、バーサがささやいた。

「ご領主様が、あんただけにひそかに村の外へ来てほしいって。うちの夫が兵士から直接伝言を受けてるから、間違いないよ」

セドリックからの連絡が来たことにほっとしつつ、リィラは首をかしげた。

「村に戻ってこられない状態、ということでしょうか？」

「そこはわからん」

やや遅い食事を始めていたグレアムが、首を横に振った。

「ただ、水と食べ物をいくらか持ってきてほしいと言われている。村の外で野営をするのかもしれんが……」

「そんなところにリィラを呼ぶのもおかしいけどねぇ」

バーサも不思議そうな顔をしていた。

とりあえずリィラは行ってみることにした。

村の外、木こりが作業していた場所にという指定だったので、また魔獣に出くわさないかと不安になったものの……。

「あら、オオカミ？」

薄灰色のオオカミが待っていた。普通のサイズの子は小さくて可愛い。

リィラの顔を見ると、くーんと鳴いて、ついてこいと振り返りつつ一歩ずつ進み出した。

「ブライルもセドリック様と一緒にいるのかもしれないわ」

だからブライルの仲間が案内をしてくれるんだろう。リィラは安心してオオカミについていくことにする。

そしてしばらく歩いた先で、ようやくセドリックの姿を見つけた。

セドリックと兵士たち四人が、なぜかブライルから十メートルは離れた場所にいた。

最近は仲たがいしている様子はなかったのに、どうしたのだろう。

「セドリック様」

小さな声で呼びかけると、うなずいてくれた。

「来てくれて助かった、リィラ殿」

「あの、先にこれを。野営をなさるのかもしれないと、バーサさんが沢山持たせてくれて」

抱えていた布袋を渡す。

中には干し肉や瓶詰めのピクルスにパンの他、水も入っていたので少々重たい。

「助かった。ここ三日ほどろくに食べていないみたいで」

「三日？」

一体誰のことだろうと思ったら、セドリックが指をさす方向を見てびっくりした。

ブライルの横に縮こまるように三角座りをした男性がいたのだ。

その男性は、なぜか小柄なオオカミにぴったりとくっついて、不安そうにその背中を撫でていた。オオカミの方はやれやれといった表情をしている。

「薬草医さん？」

先日、怯えて失踪したと言われていた村の薬草医だ。

薬草医はリィラの顔を見て、ほっとした表情になる。

「あの、リィラさんのオオカミたちにお世話になりました。このオオカミたちは、僕を助けてくれたんです……」

薬草医はそのまま事情を話してくれた。

「実は、早く村を出ていけと脅されていて……。無視していたら、家の中とかを荒らされるようになりました。でも話せば殺すとも言われていたんです。それが怖くて、誰にも相談できませんでした」

悩みながらも村の外に薬草を取りにいったところで、薬草医は人に襲われた。

慌てて逃げて、誰も人がいないような場所へ行って足を滑らせ、川に落ちたらしい。

流されたのを見たのか、薬草医を襲った人間はもう追ってはこなかったのだとか。

けれどこのままでは水死すると絶望したところで、助け出してくれたのがブライルだったようだ。

村から離れた場所でブライルに引き上げてもらえた薬草医は、とにかく死なないように火を焚いて服を乾かし、休んでから村に戻ろうとした。

「でも、殺されかけたことを思い出すと、怖くてこれ以上村に近づけなくて。でも食料を持ってなくて困っていたら、あなたのオオカミが狩りをした鳥や蛇なんかをくれて、どうにかそれで今までしのいできました」

食に関しては解決したものの、このまま森の中で暮らすわけにもいかない。

困り果てたところで、ブライルがセドリックを連れて来たそうだ。

そこからはセドリックが説明に加わった。

「見つけたものの、薬草医殿は俺を信用しきれないらしく、怯えてしまって困っていたんだ」

言われてみれば、薬草医がセドリックを見る目が少し怯えをふくんでいる。

「え、セドリック様が薬草医さんを襲ったわけではないんですよね？」

「断じて違います」

セドリックが即答した。

「セドリック様ではないんです。ないんですが……」

薬草医は震え声で言い訳をしつつ、側にいた小柄なオオカミに抱きついた。

そうして心を落ち着けようとしているのだろう。オオカミの方は諦め顔で、されるがままになっている。面倒見のいいオオカミだ。

「セドリック様ではないのに、どうして？」

「それは……」

薬草医が、自分を襲った人物の特徴を教えてくれた。

顔をはっきり見たわけではない。衣服も村人が着るようなマントを羽織っていたので、多少は隠そうとしていたらしい。

でも五十人そこそこしか人のいない村のことだ。

兵士を足しても七十人。その中で特徴をいくつか見つければ、相手が誰なのかは推測できた。

「たぶん……あの方です。あの服の袖は間違いありません。銀糸の装飾がある上質な服を着ている人は、そういませんから」

マントの下の服を、薬草医は見たのだ。

犯人は上に他の服を着てごまかしたけれど、ちらりと見えた下に来ていた服に覚えがあったし、相手の体格や背の高さがその人物と同じだったから、間違いないと思ったらしい。

リィラは落ち着いてもう一度考える。

「この村でそこそこの質の衣服を着て、銀糸を使うようなものを着ているのは、セドリック様とアーロン様ぐらいです。そしてあなたが犯人だと思ったのは、アーロン様ですね？」

男爵家のポールは来たばかりで、薬草医が襲われた日はまだ到着していなかったから除外だ。

セドリックがそんなことをしても意味がない。

残るはたった一人。

セドリックは先にそれを聞いていたのか、唇を引き結んでいた。

他の分家が妨害をしてくる中、アーロンだけは味方だと思っていたのだから、当然だ。

「だから、セドリック様でも信じきれなくて、村に入るのが怖かったんですね」

二人は血縁者だ。アーロンが犯人ならセドリックも仲間かもしれないと疑うのは当然だった。

殺されそうになって怯え切った薬草医は、アーロンとつながりがあるセドリックも怖いし、村人すら疑ってしまっているらしい。

話し終わった薬草医に代わって、セドリックがリィラを呼んだ理由を教えてくれた。

「だからリィラ殿を呼んだんです。オオカミを俺では動かすことができませんし。こんな重要なことを村の中で話すわけにもいかない。ですから、むしろちょうど良いかと考えまして」

「そうですね。ここならもしアーロン様が犯人でも、話を聞かれる心配はありません。そして私の行動から何かを気づかれないよう、バーサさんの家に行ってから、森に来るように誘導したんですね」

「そうです」

セドリックがうなずいた。

リィラが行動すると、『セドリックが関わっているのでは？』と考える人は多いはずだ。この村に来て以来、ずっと連れだって歩いていたから。

けれどオオカミのことがあるから、リィラを呼ぶしかない。

そこでバーサの家を経由することにしたのだ、とわかった。

バーサなら、たまには食事を一緒にしていたし、今日もそういった感じで呼ばれたのだと、ごまかしやすい。

「それにしても、犯人がここまで身近な人物だと思いませんでした。彼だけは公爵位に興味がないと信じていたんですが」

「……後から、必要だったと思い直したのかもしれませんね」

人は心変わりをする。

信じていたセドリックが、悪いわけではない。

「どうしましょう。なんとか犯人を確定させる必要がありますよね？　そうしないと、薬草医さんも安心して帰れないでしょうし」

話を聞いていた薬草医がうなずき、じいっと上目遣いでリィラを見る。

今の薬草医は、セドリックをいまいち信じきれないせいで、リィラにすがろうと考えたのだろう。助けてくれたのがオオカミだったから、そのオオカミが懐いているリィラなら大丈夫だと思っているのかもしれない。

なんとかしてあげたいが、どんな策を立てたらいいのか。

悩むリィラに、セドリックがふと何かを思いついたようだ。

「リィラ殿、おそらく敵はもう一度魔獣をぶつけてくるはずです。その時を狙いましょう」

「襲われた時を狙うんですか？」

セドリックがうなずいた。

「敵はそろそろ俺を排除したいはずです。そこでまず魔獣をぶつける。でも俺が勝った場合のことを考えて、戦った直後の俺が疲弊している時を狙うと思うのです。そこを捕まえます」

セドリックの案は理解した。

その通りに事態が進めば、魔獣を倒した直後、アーロンは味方のような顔をして「助けにきました！」という体でセドリックの元にやってくるだろう。

でも一抹の不安がよぎる。

「戦闘中に、どさくさに紛(まぎ)れて敵に懐柔された兵士などに攻撃されたらどうするんですか？魔獣と挟撃される形になって、本当に大怪我をするかもしれません」

リィラが不安を口にしたら、ブライルが近づき、前足でちょんちょんとリィラをつついた。

「……ブライル？　セドリック様を守ってくれるの？」

そういう意味だろうか？　と聞けば、ブライルは渋い表情ながらもうなずいてくれた。

「ならば安心していただけますね？」

魔獣の血を引くブライルが、とても強いことは知っている。

ブライルがいるなら……としぶしぶうなずくと、セドリックはもう一押ししてきた。

「以前よりも兵士の数は多いので、魔獣との戦いも楽になるでしょう。それに祖母が送ってくれた兵士の方は、ちゃんと俺のために動いてくれるはずです」

それなら少し安心できるだろうか？　とリィラもこわばった頬(ほお)をゆるめた。

他に気にしておくべきことは……と、思いついたことを言っておく。

「あの、デイル様には、アーロン様のことも含めて伏せておきませんか？」

リィラは万が一を考えてしまう。

デイルはアーロンが仕事を手伝い、セドリックの味方をしてくれていることに感謝していた。

だからアーロンととても仲が良かった。

そんな彼だからこそ、アーロンと通じている可能性が捨てきれない。

セドリックに忠誠を誓っていた様子だし、信じたいけど……。

「デイルには詳細を黙っていましょう。ここにいる人間だけが計画をわかっていれば大丈夫です」

セドリックは側でじっと見守ってくれていた兵士四人にも了解をとる。

その四人を、セドリックが以前からずっと信用して側に置いていたのを知っているリィラは、大丈夫だろうとうなずいた。

そして……リィラたちは時を待った。


薬草医は、ひとまず生活できるようにテントと衣服も追加で提供し、事が終わるまでオオカミの巣近くで暮らしてもらうことになった。

今戻ったら、アーロンから狙われるだろう。また薬草医を連れ帰ったら、セドリックに知られてしまったと考えるはずだし、アーロンたちの出方が変わってしまう。そうすると、リィラやセドリックの方の計画を変更する可能性が出てくるためだ。

その後はセドリックとリィラでアーロンの動向を見守る。

しばらくして、アーロンは町へ戻るポールに手紙を託した。

それを目撃したリィラは、セドリックに報告した。

そして翌日、セドリックと打ち合わせる。

「手紙が隣の町に届くまで約半日。町に魔獣を操る人間が待機していたなら、魔獣が動くのは今日中になるかもしれないですね」

夕暮れの斜陽が忍び込む部屋で、セドリックが予測を口にした。

デイルにも知らせるわけにはいかないから、場所はリィラの部屋だ。

そのせいか、リィラは妙な緊張を感じていた。

自分の部屋にセドリックを入れて、二人きりになったからだろうか。

(たぶん、この間のセドリック様とのことがあったからよね)

怪我の手当とはいえ、素肌に触れて。

もう一度、誓わせてほしいと言われて。

その前から、結婚したいとか、好きだとか告白されていた相手にそんなことをされて、全く意識しない方が無理だ。

(最初に騎士の誓いをされた時は、そんな風には思わなかったのに)

よくわからないけど、好かれたらしいとびっくりしただけだった。そして尊敬しているからだと言われて、少し誇らしい気持ちになったことを覚えている。

それからはセドリックのことを、内緒の友人のように思っていた。手紙をもらっても、遠いところにいる友達からのもののように感じていたのだ。

今は、なんだか側にいるだけでそわそわして落ち着かない。

リィラはこっそりと自分の手をつねり、正気になれと言い聞かせて打ち合わせを続ける。

「今のところ、デイル様の様子には変化はありません。アーロン様とも妙な接触もありませんでしたし、何かを受け渡している様子もなかったと思います」

「俺の方でも同じでした。あまりデイルは警戒しなくても良さそうですね。最後まで油断はできませんが……」

そう言うものの、やはり身近な人間を疑っていることでセドリックは心理的に疲れているらしい。ため息をつく。

「正直、アーロンを信用していたことを後悔しすぎているのか、デイルの行動のささいな部分まで疑ってしまって、そんな自分が嫌になりそうです」

「気にしすぎても仕方ありません。その分、私の方で目を配りますから、確定している方だけ警戒していきましょう。セドリック様」

考えすぎて疲弊して、いざ魔獣と戦う時に何かあっては悔やみきれなくなる。

セドリックはうなずいた。

「公爵家に戻る時に、多少なりと覚悟はしていたんですが……予想以上に敵だらけで、少し疲れてしまったのかもしれません」

「血縁者に望まれて戻ったのなら、味方もいると思ってしまいますよね」

いないわけではなかったが、親族がほぼ全員敵だったという結果は、なかなかに辛いだろう。

「でも、この辺境の村へ来て良かったと思います」

「お養父様の仇を見つけられそうだから、ですか？」

するとセドリックは苦笑いした。

「それもありますが……あなたと再会できたからです」

リィラはハッとする。

自分との再会が、養父の仇を討つことと同じぐらい重要だと思われているなんて、考えてもみなかった。

（そんなに……好きなのかしら）

自分のことなのに、なんだか不思議だ。

リィラの曖昧な反応に、セドリックは説明の必要を感じたみたいだ。

「あなたに騎士の誓いをした頃、俺はまだここまで自分の気持ちを認識していたわけではありません。平民の騎士だった私では、子爵家の令嬢を望んでも叶うはずがないからと、無意識に自分の気持ちを止めていたのかもしれません。だけど苦労してきたあなたを救いたいと、それだけは強く感じました。でも駆け落ちのような形で不遇な境遇に置くのは嫌で……。だから魔獣を倒すことで騎士爵を得てから、あなたを迎えにいけばいいと考えていました」

セドリックの告白に、リィラは少し胸が痛い。

手が届かないものを諦めていたのは、リィラも同じだ。

恋愛も結婚も自分には関係ないもの。さらには家もなくしてしまったような自分が、誰かに望まれるなんて思うことすらおこがましいとすら考えていたのだ。

バーサに指摘され、セドリックにこうして好きだと気持ちを明かされて、ようやく少しずつそれが実感できるようになったと思う。

(セドリック様も、同じことを考えていたのね)

なんだか共感してしまった。

「……と考えていたのですが。公爵家からの話を聞いて思ったんです。公爵位を得れば、魔獣と戦う必要はないことに」

話し続けていたセドリックは、そこで目を閉じる。

「けれど公爵家へ帰って、落ち着いたところであなたを迎えたいと思ったら、子爵夫妻が亡くなって、リィラ殿の行方(ゆくえ)もわからなくなってしまって。……実は、祖母にあなたの行方を探してもらえるよう、頼んでいたのです」

「え⁉　女公爵様にですか？」

セドリックがうなずく。

「結婚したい人がいると話してあります」

「あの、女公爵様に止められませんでしたか？」

十数年後にようやく見つけた孫が、借金まみれの子爵家の娘と結婚したがったのだ。

相当驚いただろうし、反対したとリィラは予想した。

「祖母は、『あなたの父も頑固で、母以外とは添い遂げる気はないと言って結婚した。だからあなたも同じだろう』と。『せめて相手には、別の家の養女になるなど、禊をしてもらうことを承知してもらえ』と言われました」

「それで、納得していただけたんですか……」

女公爵は、再会した孫が気の済むようにさせることにしたらしい。

考えてみれば、セドリックの実母は元メイドだったのだ。リィラは一応貴族だから、まだマシだと思ってくれたのかもしれない。

「ええ。そしてわざわざ祖母の手をわずらわせてまで探していたあなたと、自然に再会できたのです。あの時、リィラ殿こそが俺の運命の相手だと確信しました」

「あの、ええっと。私なんてそんな風に思っていただけるような存在では……」

運命の相手とまで言われると戸惑ってしまう。

逃げ腰になったリィラに、セドリックが近づく。

「嘘ではありません。以前お話ししました通り、結婚したいと真剣に考えています」

「で、でも、借金のせいで領地を奪われ、没落した家の娘なんかと一緒になったら、いずれ公爵閣下になられた時に、セドリック様が悪しざまに言われてしまいます」

リィラは説得しようとしたけど、セドリックは引かない。

「それでもあなたが貴族令嬢であることは確かです。俺の母のように、メイドだった状態から側にいることを望むよりは、周囲に受け入れられやすいでしょう」

まさにその通りだから、リィラは反論できない。

「我が公爵家は、政略結婚をしなければならないほど落ちぶれてはいませんし、権力がないわけではありません。貴族令嬢を娶るのには変わりありませんから、領地がないとか親の爵位を返上した程度の瑕疵なら、いかようにもできます」

堂々と畳みかけられて、その圧にリィラは一歩引いてしまう。

するとセドリックが一歩進む。

なんとなく後ずさることを繰り返していたら、いつの間にか壁に背中が当たった。

セドリックは、そんなリィラを逃さないとばかりに、リィラの両横に手をついた。

「せっかく巡り合えたからこそ、もうあなたの行方がわからない状態にはなりたくありません。だから……俺と結婚していただけませんか？」

答えを求められたら、返さなくてはならない。だけど……。

「あの、私はセドリック様の重荷になりたくないんです。今のままの私では、頼るためにお答えするような感じになってしまうと思ってしまって」

何も持たないリィラがセドリックの求婚を受ければ、周囲はどうしたってリィラを助けるための結婚だと思うだろう。

でもリィラは……。

（できれば、尊敬から騎士の誓いをしてくれた時のままの、姫らしい自分として隣に立てるようになりたい）

正直、この気持ちは自分を良く見せたいリィラのわがままだ。

でもどうしても、そこを割り切れない。

セドリックは、断り文句に近いことを言われたにもかかわらず、怒ったりも悲しんだりもしなかった。

むしろ不敵な笑みを浮かべる。

「この問題を解決できれば、俺に助言をし、オオカミを操り魔獣の討伐を援助したとして、リィラ殿自身も名を上げることになる。俺の祖母だけでなく、公爵領の人々があなたを賞賛するでしょう。もうあなたは十分に、素晴らしい功績を残そうとしていますよ」

リィラは瞬（まばた）きした。

セドリックに言われると、なんだか自分がすごい人になったような気がした。

「どうも、自分のことのように思えないような。事実は事実なのですが」

「現実だと思えませんか？」

「他の人のことのようです」

「では、せめて俺の気持ちが現実だということをわかってもらえますか？」

え、と思っている間に、セドリックが顔を近づけてきた。

頬に触れたのは、間違いなくセドリックの唇だ。

口づけされたことに驚いていると、セドリックは熱を感じる視線でリィラを見つめてくる。

「他の女性に、こんな風にしたことはありません。あなただけです」

嘘ではないと言うかのように、セドリックがリィラの口づけた側の頬に触れた。

「それに嫌がらないのなら、リィラ殿も俺を嫌いじゃないと、そう思ってもいいですか？」

聞かれて、すぐには答えられなかった。

本では、恋愛をする男女のことについて読んだ。

ただ実際に見ることがほとんどなくて、どう答えればいいのかわからない。

困ったリィラが、それでも何か言わなければと思った時だった。

「魔獣だ！」

「早く討伐に！」

「準備しろ！」

館の中に怒号が響き渡る。一気に足音と声で騒然となっていくのが部屋の中にも伝わった。

「セドリック様」

私たちも行かなくては、とリィラが言おうとした時だった。

ふいに言葉がふさがれる。

セドリックの唇が自分のものと重なったことを認識したのは、彼が離れてからだ。

硬直してしまったリィラに、セドリックはいたずらをした子供のように笑って言った。

「答えはいただきました。さあ、計画を実行しましょう」

セドリックが部屋を出ていく。

「え……キス？」

夢みたいで、現実とは思えない。

リィラは思わず自分の手の甲をつねってみた。

「痛い……やっぱり現実？」

セドリックが自分にキスをするなんて、夢にも思わなかった。

やわらかかった。その感覚を思い出すと心が騒ぎ出す。

「でも答えをもらったって……え、そういうこと？」

キスを拒否しなかったし、怒らなかったから、リィラがセドリックのことを嫌いじゃないって思うことにしたっていうこと？

　不意打ちへの驚きが去ると、ちょっとした反発心を感じた。

　だけど同時に、安心感もあった。

「言わないで済んだ……のはいいのかしら？」

　セドリックのことは嫌いじゃない。

「そして、嫌じゃなかった」

　認めるのは恥ずかしすぎたけど、キスされても胸がどきどきするばかりで、嫌だったとか不愉快だと思うことはなかった。

　それを言葉にするのはまだ抵抗がある。

「けど……なぜ私、怒らないのかしら」

　酷いことをしたと、思ってもおかしくないのに。セドリックに抗議しようなんて思わない。

　ただただ、思い出すと胸がどきどきしてくる。

「私も、好き……なの？」

　つぶやくと、なんだか心の底にすっとその気持ちが落ち着いた気がした。

　そのことに数秒間ほど呆然としたリィラは、けれどぼんやりしている場合ではないと自分の頬を叩く。

　そして魔獣のことに気持ちを向けることにした。

なにもかも、魔獣のことを解決しないと前に進まないのだから。

外へ出るので、リィラはケープを羽織る。

スカートに近い色合いのケープは、外を歩き回るリィラのため、セドリックがレナに頼んで作ってもらったものだ。

「ブラウスだけだと、魔獣が襲ってきて転んだ時に、怪我が心配ですから」

と言われて受け取ったものだ。こういう時にこそ着るべきだろう。

部屋を出て館の入り口まで駆け下りると、武装をするために時間がかかったのか、セドリックが少し遅れて出てきた。

そして彼と一緒に、魔獣のいる場所へと向かったのだった。


魔獣が出没したのは、村の東側のようだ。

そのあたりは壊れた家が多く、ほとんど人が住んでいない。

リィラはこちら側で良かった、と思った。

村の中に魔獣が押し入ったとしても、村人への被害は少なくできるから。

魔獣はまだ村の外にいるようだ。

リィラが村の出入り口へ迂回（うかい）している間に、セドリックは柵を飛び越えた。

その先を見て、リィラは思わず足を止めそうになる。

斜陽の中、暗い林を背景に異形の姿があった。

一度見たことがなければ、とうてい元が熊とは思えない姿だ。

長い毛だけならまだしも、頭骨が白く浮かび上がる顔は、まさに魔獣らしい怖さを感じさせる。

まだ明るさがある空の下、真っ黒に落ちくぼんだ眼窩が全てを吸い込んでしまいそうな闇をはらんでいるようで、ひどく不気味だ。

そんな熊の魔獣が、二匹立っている。

「え、二匹も？」

一匹は左腕がない。先日セドリックと戦った熊の魔獣だろう。やはりあの個体は生きていて、怪我がふさがったとたんに村を襲ってきたようだ。

「ここで倒すことができれば……」

今日のために、リィラも準備はしてきたのだ。

まず村の入り口が魔獣にふさがれないように、男爵家のポールが乗って来た馬車の表面をこっそり削り、糊で固めてもう一方の村の入り口にも塗っておいた。

魔獣が襲わない臭いをつけておけば、大丈夫だろうと思ってのことだ。

さらに避難場所になる、石積みの建物の周囲にも同じことをした。

魔獣がセドリックたちを振り切って侵入しても、逃げ込んだ人だけでも守れるように。

そして木くずにした馬車のかけらを、リィラも持っていた。

なぜなら、どうしてもリィラは魔獣が出た場所へ行く必要があったから。

オオカミたちはただリィラに従ってくれているだけだ。村に愛着があるわけではない。なのに戦いに加勢してほしいのなら、リィラはそこにいなければならない。

とはいえリィラは戦えない。だから身を守るためにと、セドリックに懇願されて持たされたのだ。

熊の魔獣の二匹目は無傷の個体だ。

「二組に分かれろ！」

セドリックが号令をして、集まった兵士が二匹の魔獣それぞれにあたっていく。

「慣れてない奴(やつ)は下がって村人の避難に回れ！　ルペール！　お前は避難の方を担当しろ！」

セドリックが指名したひげのある中年の兵士は、アーロンが連れて来た人だ。

信用ならない人間なので、遠ざけておいたのだろう。

あらかじめ指示していたのか、セドリック配下の兵士が声をかけ、ルペールと呼ばれた兵士たち数名とともに村の中へ移動していく。

その間に、左腕がない熊の魔獣に白い影が複数走っていった。

素早く足元を走り抜けて視線をひきつけたのは、オオカミたちだ。

続いて大きめのオオカミたちが現れ、熊の魔獣の足元を狙った。

かと思うと、ひときわ大きなオオカミ、ブライルがその頭を狙って飛びかかった。

熊の魔獣の悲鳴が上がる。

先日見たような、衝撃を伴う咆哮(ほうこう)は上がらなかった。

ブライルによって喉元を食いちぎられたからだ。

「すごい」

熊の魔獣はたまらずその場にうずくまる。

近くにいた兵士たちが一斉に切りかかり、熊の魔獣はたちまち血を噴き出して倒れた。

魔獣は死を迎えると、大きすぎる魔力のせいなのか、その体が形を保てなくなってしまう。

そう聞いていた通り、空気が抜けるような音と白い煙を上げながら、熊の魔獣は少しずつ嵩(かさ)を減らしていく。

やがてぺしゃんこになって、最後には皮や骨がわずかに残った。

「普通の生き物ではなくなってしまった、ということなのね……」

ほとんど残らないことが、なんだか悲しい。

ただ感慨にふけるのは後だ。

ブライルたちは死んだ熊の魔獣などさっさと放置して、もう一体に向かっていく。その姿を見ていたリィラは、自分の目を疑った。

「え？」

先ほど見た時には、腕を失くした魔獣と同じくらいだったはずだ。

なのにその熊の魔獣は、気づけば倍に体が膨れていた。

突然、そこに塔が立ったのかと思うような巨大さだ。

警戒したように後ずさっているセドリック。

大きすぎる熊の魔獣は、身震いしたとたんにさらに変化する。

骸骨のようだった頭部が、まるで鉄兜のようになっていく。

首回りの毛が黒紫色に変化した。

爪が伸び、体は毛が抜けていき、白い骨が浮きあがった。それが鉛色に変わる。より硬く変質していっているかのように。

背丈は側の木を超えていた。伝説の巨人のような大きさだ。

「こんなの、どうやって倒すの……？」

リィラは呆然としてしまう。

骨格だけになった姿でも、一歩でリィラを踏み潰してしまえる大きさだ。

しかしブライルたちは、姿が変化した魔獣でも恐れる様子はない。

今度は先にブライルが突撃していく。

どうするのかと思えば、足の関節を狙った。

続くオオカミたちを熊の魔獣が狙わないよう、ブライルは山羊のように熊の魔獣の足を駆け上がって、腹を食いちぎる。

手で払われそうになりながら、地上に着地するブライル。

その間にも膝裏をオオカミに狙われ、足元がぐらついたところで誰かが槍を投げた。

まっすぐにとんだ槍は、熊の魔獣の首元に刺さる。

投げたのはセドリックだ。

前回の戦闘後、遠くからの攻撃が必要だろうと備えていたのかもしれない。

熊の魔獣は素早いオオカミたちに対応しきれず、怒りをぶつけるように咆哮した。

雷のような音とともに、風圧が襲いかかってくる。

「……！」

リィラは近くの地面に伏せた。けど、風圧がすごすぎて一秒しか持たない。

飛ばされるように転がったが、いつの間にか背後にオオカミが三頭いて、リィラを受け止めてくれた。そのおかげで、ひどい怪我はせずに済んだ。

「ありがとう！　痛くはない？　怪我は？」

オオカミたちはピスピスと鼻を鳴らして、通常通りの表情を見せる。

元気そうだ。大丈夫だということだとリィラは理解した。

「良かった。他の人は……」

自分はかばってもらえたけど、兵士たちや、熊の魔獣の側にいたセドリックやブライルの方こそ心配だ。

見回せば、リィラのように弾き飛ばされた兵士たちが、村の柵の側に転がっていた。柵にぶつかったおかげで、それ以上遠くへ飛ばされずに済んだのかもしれない。

痛いだろうに、みんな起き上がろうとしている。動けない人はいないようだ。

ブライルはさすが魔獣の血が入っているからか、すでに戦闘態勢をとっていた。

セドリックは剣を地面に突き刺してこらえたらしい。同じ場所から動いていなかった。

「すごい」

リィラは思わずつぶやいた。

何度も魔獣と戦った経験がある人だからこその芸当だろう。誰にでもできることではない。

セドリックはすぐに魔獣に仕かけた。

剣で魔獣を斬りつけ、魔獣はそれを手で振り払おうとする。

そんなセドリックの背中を踏み台にして、ブライルが跳躍。

魔獣に刺さっていた槍をくわえ、槍が引き抜けない状態なのをいいことに、勢いをつけて魔獣を地面に引き倒した。

一方のセドリックは、無言で引き倒された魔獣に向かっていった。

魔獣は起き上がろうとするたびに一人と一匹に阻止され、それでも手を振り回し、ブライルとセドリックを殺そうとする。

こうなると逆に魔獣の動きに他の兵士はついていけない。

速すぎて、距離を誤った兵士が、熊の魔獣に蹴り飛ばされたりもしていた。

だから無事な兵士たちは、魔獣の背後に回って、矢で傷を与えることに注力していた。

他の兵士は怪我をした兵士を連れ、村の方へ退避している。

やがて、魔獣の腕が動かなくなった。

もう少しかと思ったところで、セドリックが叫ぶ。

「伏せろ！」

リィラは今までの経験のおかげで、すぐにその場に伏せることができた。

でもどうしてそんな指示をされたのかわからなかった。

が――。

ドン、と爆音が鳴り響いた。

地面が震え、爆風だろう、空気が横殴りに襲いかかってくる衝撃に、リィラは叫び声も上げられない。

でも直前に、側にいたオオカミがリィラの上に覆いかぶさってくれた。

一瞬でも気を抜けば吹き飛ばされそうな恐怖に耐えたリィラは、横にいたオオカミのピスピスという鼻を鳴らす音に顔を上げた。

リィラに覆いかぶさるようにしていたオオカミは、無事だった。土をかぶって毛が茶色くなっていたけれど、傷もない。

そして魔獣はと思えば、その場に大きな穴ができている。

「爆発のせい……？　セドリック様！　ブライル！」

リィラは急いでセドリックとブライルの無事を確かめたくて走った。

穴が意外と深くて、おたおたとしながらも、滑り落ちないようにしながら内部へ下りていく。

その先、穴の底にセドリックとブライルがいたからだ。

魔獣は、すでに崩れ去っていた。

魔獣の皮がわずかに散らばっている。こちらは骨すら残らなかったようだ。

あまりに大きな魔獣だったからこそ、この状況を見た瞬間に、今までのことが幻だったかと思いそうになる。

とてつもない力を発揮する代わりに、生きた痕跡もほとんどなくなってしまうのは、なんだか物悲しい。

そしてセドリックとブライルは、倒れているわけではなかった。

ブライルは四つ足で立っている。ただセドリックが膝をついたままだ。

セドリックはリィラの方を振り向くと、足を押さえるふりをしてちいさくうなずいてくる。

（あ、ここから演技をしようということね）

アーロンたちを騙す演技の合図が、これなのだ。

なにせ、アーロンの配下が戦闘中にセドリックを襲うことはなかった。

考えてみれば、セドリックのように魔獣と戦える人はそういない。そんなことができるのは騎士だろうけれど、アーロンたちはこちらを不審がらせないようにか、騎士は呼び寄せていなかったみたいだ。

だからこそ、これから彼らは行動を起こすはずだ。

疲れ果て、戦闘が終わって気が緩んだ時なら目的を達成できる、とアーロン自身も油断するだろう。

そんなアーロンを騙すには、魔獣との戦いでセドリックが負傷したと嘘をつくのが一番いい。

アーロン自身が寄ってこないなら、こちらから呼び出せばいい。

村のことを一時任せたいので、来てくれと言えば……疑われないはずだ。

足を押さえる演技を始めたセドリックは、思いついたように、自分の足に散らばっていた魔獣の血を塗っていた。

ブライルまで、横から前足で手伝っている。犬っぽい足跡がついて、ちょっとかわいくなってしまっていた。

そしてセドリックは近づいたリィラに頼む。

「アーロンを呼んでください」

うなずき、リィラは声をはりあげた。

「誰か！　アーロン様を――」

「セドリック様⁉」

呼びかけたとたんに返事がきた。

答えた声はデイルだった。

それどころか、穴の側までやってきたデイルを追いかけて、アーロンも穴の下へ下りてきたのだ。

（魔獣と戦った結果が知りたくて、すぐ近くにいたみたいですね）

リィラがささやけば、セドリックはうなずいて痛がる演技を始めた。

「ぐぅっ」

足を抱えて座り込む体勢になるセドリック。

「大丈夫ですか？　足が、足が痛いんですね⁉」

リィラはセドリックを介抱しようとして、おろおろとしてみせる。怪我をしていることをアピールするのも忘れない。

そこへデイルとアーロンが到着した。

「セドリック殿、大丈夫かい？」

アーロンは心配顔をしている。

「状態はどうですか？　一人で歩けますか？　できなさそうですね……人を連れてきます！　また、担架も用意します！」

デイルはセドリックを見て真っ青な顔色になり、慌てて穴から上がるために戻っていく。

もたもたとするデイルを見て、リィラはブライルを動かした。

「ブライル、デイル様が穴の外へ上がるのを手伝って」

ブライルはふんと鼻息をたててから、デイルに追いつく。そして服の背中を引っ張った。

「ひぃぃ」

デイルはブライルにくわえられるような形で引きずられ、穴の端の向こうへと姿を消した。

――舞台は整った。

側にいるのは怪我人のセドリック、戦えないリィラ、そしてアーロンだけだ。

（これで行動しなかったら、薬草医の見間違い。そうでなければ、何もしないわけがない）

足手まといにならないよう、リィラはブライルの様子を心配しているかのように一歩セドリックから離れようとした。

入れ代わるように、セドリックにさらに近づいていくアーロン。

そしてリィラが気づかないだろうと思っているのか、その手が不自然に上着のポケットに突っ込まれた。

その手に握られて取り出されたのは、何かの液体を入れた瓶。

しかもその液体は、一瞬、虹色（にじいろ）に光った気がした。

リィラは直感で、ただの薬ではないと感じた。

「セドリック様！」

名を呼び、リィラは慌ててアーロンに体当たりした。

瓶が、ふいをうたれたアーロンの手から転がり落ちる。

落ちたはずみで、瓶の蓋（ふた）が外れた。

そしてあふれた液体は……石に触れたとたんに、じゅうじゅうと音をたてて煙を立ち上らせる。

リィラはぞっとした。

「何これ!?」

「くそっ、この女！」

驚いている場合ではなかった。アーロンが怒りつつも瓶に手を伸ばそうとする。

リィラも体当たりをした結果倒れ込んだせいで、アーロンを止められない。

焦ったが、すぐにセドリックがアーロンを足で蹴り倒し、制圧してくれた。

土の上に押さえつけられたアーロン。

彼の手は、瓶まであと少しで届くところにあった。

間一髪だ。

リィラは安心して肩から力を抜いた。

「アーロン。お前は今、何をしようとした。これは何だ？」

セドリックが静かに問う。

アーロンは心底悔しそうな表情で吐き捨てた。

「くそっ、気づかれていたのか……せっかくここまで来たのに。そもそも、お前なんかが現れなければ！」

そのままアーロンは叫ぶ。

「公爵位は僕がもらえるところだったんだ！」

悔し気な言葉に、セドリックがため息まじりに言った。

「お祖母様が言っていた。俺が見つからなかったら、一番大人しくて家を傾かせる可能性が低いから、アーロンを選んでいたかもしれない、と」

そんな人物が親切にセドリックに協力したからこそ、セドリックもランバート女公爵もアーロンが味方だと信じたのだ。

でも、違った。

アーロンは悪びれることもなく、さらに吐き出す。

「あのババアも、ずっと騙されていればいいものを……。くそっ。こんなところで捕まるなんて！　せっかく僕の父が、お前の両親を消してくれたのに。お前を殺すはずだった奴が、情け

をかけたばかりに生き残りやがって」

　彼の悪態から、まさかのセドリックの両親の死にも関わっていたことがわかる。

　それどころか、セドリック自身が誘拐された件も、アーロンの父がやったことらしい。

　なのに、今までずっとリィラやセドリックに親し気な演技を続けられたことが、心底怖い。

　リィラは思わず身震いした。

「しかも、こんな小娘に邪魔されるとは……」

　ぎろりと睨まれ、リィラは思わず逃げたくなる。

　でも怯えていると思われたら、そこに隙があると思って行動をもう一度起こそうとするかもしれない。だから動かなかった。

　むしろ心底がっかりした表情を作る。

「アーロン様。魔獣を利用してセドリック様を殺そうとするなんて……。見損ないました」

　挑発するのなら、自分のように弱い者の方がいい。

　下に見ていたはずの相手に馬鹿にされる時ほど、人は怒りを感じる。

　そして口を滑らせるのだ。

（まだ、何か知ってる気がする）

　アーロンはあっさりとリィラの思惑通りに動いた。

「お前なんぞ、男爵家のオオカミ除けを持っていなければ。それでオオカミを手懐けていなければ、さっさと始末してやったのに！」

「………………ん？」

なんだか、思いがけない話を引っ張り出した気がする。

リィラが困惑していると、ショックを受けたと勘違いして優越感を覚えたのか、アーロンがさらに自白してくれた。

「ルアート男爵が、うかつにもオオカミ除けなんかに魔獣に関する連名書を隠してなければ！お前みたいな小娘を気遣ったりする必要もなかったんだ。さっさと口説き落とされていれば、連名書を取り戻して、魔獣の研究について知られることもなく、殺せたのに……」

どうも、リィラを気にいったように見せかけつつ、リィラが持つオオカミ除けの牙を狙っていたらしい。

「なるほど」

リィラはさっそく、持っていたオオカミ除けを調べることにした。

鎖とつなぐため、牙につけられていた簡素な銀の金具。それをいじってみると、牙にかぶせていた蓋のようだったそれが外れた。

そして金具と牙の間に紙が挟まっていた。それを開いてみる。

「ほうほう。バレンヌ男爵家に魔導士を匿って、ルアート男爵家は実験場の提供。オルソン子爵家は資金提供……」

「う、うわぁぁぁぁあ！　読み上げるなぁぁあ！」

きちんと連名書に名前を記入し、役目まで書いてあって親切な紙だ。

読み上げるとアーロンが叫び出した。

自分で存在を知らせてしまったのに、見つけたら慌てるなんて、とリィラはあきれる。

おそらくセドリックを殺そうとしたことが露見して、アーロンはほどよく錯乱しているのかもしれない。

「……何のために魔獣なんかを利用しようとした」

渋い表情でセドリックが問えば、アーロンが言う。

「お前を殺すためだ！　その次はいつまでもあの世にいかないババア公爵も、魔獣が襲ってきたことにして殺せばいい。さらには隣のロゼンダ侯爵家との係争地だって、魔獣を出没させ、僕たちがそれを掃除してやれば大人しくこちらの要望をのむ。利用法はいくらでもあるだろうが！」

やけくそになったのか、アーロンが全て吐き出してくれた。

「そんなに全部言ってしまって大丈夫なんでしょうか」

思わず言ってしまったリィラだったが、むしろアーロンは余裕そうな顔をしていた。

「はっ、どうせもう僕の配下がひそかに動いているはずだ。いずれお前やセドリックを殺してくれて、僕は解放される。黄泉（よみ）の旅路への土産（みやげ）にこれぐらいは教えてやっても……」

そんなことを、アーロンが言い終わる前だった。

「セドリック様大変です！　いえ、セドリック様の状態はいかがですかリィラ殿⁉　……って、アーロン様はどうしたんですか⁉」

焦ったようなデイルの声がして、彼が穴の外縁から顔を見せた。

さすがにアーロンは口を閉ざした。

「これは今は置いておいてください！　そしてセドリック様は無事です！」

リィラが返事をすると、デイルが戸惑いながらも知らせてくれる。

「あの、数人ほどの兵士がこちらに押しかけようとしていたんで、私が止めようとしたら斬りかかって来たからブライルが気絶させてくれたんです。今、縛り上げて安全を確保してから、セドリック様をお迎えに上がりますので！」

デイルの言葉を聞いていたアーロンが、がっくりとうなだれた。

今、ブライルによってアーロンの頼みの綱は、あっけなく断ち切られたのだ。

「くそっ、生き物を魔獣に変える薬さえ使えていたら、絶対にセドリックが公爵になれなかったはずなのに」

「そんな薬だったの！」

想像以上に危ない薬を持っていたのか、とリィラは悲鳴を上げそうになった。

（あ、危なかった！）

気づいて落とさせて良かった。

セドリックも嫌そうな顔をして、瓶を靴先で転がし、中身の液体を全部土に吸わせてしまう。

「あ、ああああ」

最後の一滴でもあれば、どうにかできるほどのものなのか。

アーロンが今度こそ絶望した顔になる。

心底ほっとしていると、デイルより先にブライルが穴の中に戻ってきてくれる。

ブライルはまだじゅうじゅうと音をたてている液体に気づき、顔を近づけようとした。

「ブライルだめよ。匂いを嗅ぐだけでも体に悪そう」

とリィラが言ったところで、アーロンが暴れた。

流れた液体が、アーロンのほんの近くまで沁みながら伝ってきたようで、それを暴れて体勢を変えたアーロンが、靴先で土ごとブライルにかけようとしたのだ。

「くそっ」

セドリックがアーロンを押さえつけ直した。彼も魔獣と戦った直後で疲れていたのだろう。

ずっとアーロンを押さえ続けていたことも影響していたのに違いない。

それより今はブライルだ。

土に沁みた液体がかかったブライルは、薬品がかかった部分だけ青い煙が上がる。

「うそっ！」

ブライルが完全な魔獣になってしまう!?　と焦ったリィラの前で、ブライルはふわっと巨大化した。けれどその後、ふんとブライルが鼻息を吐くと、急激にしぼんで元の大きさに戻る。

その後も、特に具合が悪そうには見えない。

「……ええと、影響は、ないと思っていいでしょうか？」

リィラの言葉に、セドリックは難しい表情をしていた。

「魔獣の血のなせる業かもしれませんね。魔獣の作り方には詳しくないので、後でこれを締め上げて聞いてみましょう」

セドリックはアーロンの腕をさらに強くひねる。

「痛い、痛い！」

悲鳴を上げるアーロンは、下の様子に驚いたデイルが引き連れてきた兵士によって縄で縛られ、牢代わりの建物へ押し込められることになった。

その見張りは兵士とともに、ブライルも加わったので、リィラは安心した。

これで、ようやく村を狙った魔獣の事件が終わったのだった。

それからの後始末は大変だった。

まだ残っているだろう、アーロンの仲間を探り出さねばならなかった。

どうやって捕まえようかと考えている間に、アーロンが捕まったと聞いたとたん、何人かの兵士が夜陰に紛れて村から逃げ出そうとした。

しかし、ブライルの仲間のオオカミが捕まえてくれたようだ。

オオカミに囲まれて震え上がっていたところを、近くにいたグレアムがオオカミに呼ばれて行き発見。

それを知らされたセドリックは、探す手間が省けたと喜んでいた。

「怯えているなら、色々白状してくれそうだな？」

というセドリックの案で、オオカミに協力してもらって尋問したところ、彼らが知る限りの、アーロンの仲間を探り出すことができた。

そして兵士は魔獣のことで疲労困憊しているだろうからと、グレアムたち村人がアーロンの仲間たちに「魔獣討伐記念」という名目で酒を飲ませ、酔わせて拘束できた。

その後は、セドリックがアーロンを尋問した。

アーロンは計画が失敗したことですっかり気が抜けたようになり……あっさりと動機などを白状したらしい。

彼は公爵位がほしかったが、問題があったようだ。

アーロンの能力は平凡で、剣の腕も平均。勉学の方も、上には上がいる状態だった。

そしてバレンヌ男爵家の親戚に、神童かというほど優れた子供がいたらしく、比較されて育った彼は、一番であることにコンプレックスを抱いていた。

それが爆発したのは、偶然魔導士と出会ったことがきっかけだったようだ。

魔獣を手に入れたアーロンは、なんでもできるような気がしたらしい。

そして念願の公爵位を手に入れるため、魔獣という秘密を共有させることで自分から離反できない貴族たちを増やし、自分を支持させた。

彼の父は魔獣のことに気づいた時、急いで魔獣と魔導士を追い出すように言った。

発覚したら、一家全員が処刑になるからだ。

けれど魔獣を手放したくないアーロンは、実父を殺して自分が男爵になった。

一方のルアート男爵は、アーロンの仲間の中で連名書を保管する役目を担っていたようだ。

それを魔獣の牙のペンダントに隠したせいで、問題が起こってしまう。

ルアート男爵夫人がある日、ペンダントを身に着けて賭場へ向かった。

賭場までの道にオオカミが出るから、怖かったのだという。

あげくに賭けの代金として取り上げられてしまった。

そして発覚した頃には、誰の手に渡ったのかわからない状態になってしまい、ルアート男爵は焦った。

なんとしても取り戻さなければと、心当たりのある相手にありえない借金をふっかけて、全財産ごと取り上げて探した。そうしてルアート男爵は、やがてリィラの実家であるメルディエ子爵家にたどりついたのだが、メルディエ子爵家の館を探してみても、魔獣の牙がない。

そこで、追い出したリィラを探すことになったそうな。

アーロンはその話を伝え聞いていて、リィラを探さなくてはと思っていた。

リィラの特徴と名前を知っていたので、出会った時は相当驚いたようだ。

その後はペンダントを手に入れるために、リィラを口説いた。

仲良くしておけば、セドリックを殺した後、彼女を心配していた演技をしておけば連れ去っても誰も不審に思わない。そして自分の領地でリィラを殺して奪えばいいと考えたようだ。

「ひどい目にあうところだったわ」

今になって思えば、開拓村にバーサたちと一緒に移り住んで良かった、とリィラは思う。

さもなければ一家全員が殺されたあげく、魔獣の牙を取り上げられていたかもしれない。

アーロンの尋問と同時に、連名書はランバート公爵家の女公爵の元へ届けられた。

連名書をもとに、女公爵はアーロンのバレンヌ男爵家を捜査してくれた。

魔獣を作り出している場所を特定し、匿われていた魔導士も発見した。しかし魔導士の抵抗は激しく、処刑するしかなかったそうだ。それでも二人もの兵士が道連れにされたと聞いた。

そうしてようやく、ランバート公爵家から魔獣の危機は取り除かれたのだった。

終章　全てが終わったその後で

コーンコーンという木を伐る音と、近くの畑から聞こえる笑い声。

夕刻になって村の中を見回っていたリィラは、自然と笑みを浮かべていた。

あれから二か月。

村は、忙しくも穏やかな時間を取り戻していた。

季節も夏になり、通りすがる村人も半袖の涼しい服装をしている。

かくいうリィラも、レナ特製のベルスリーブブラウスを着ていた。

「涼しいけど、やっぱり村の中では浮くわね……」

でも作業を手伝おうと思って麻のシャツを着たら、バーサたちから懇願されるのだ。

あげくにセドリックにも悲壮な表情をされて、すごすごと着替えるはめになった。

そして今のように、村人に微笑ましいものを見る目を向けられる。

「一体どうして……。というか、こんなことを考えられる時間ができるほど、穏やかな日常を迎えられて良かったというべきかも？」

アーロンを拘束した後は、大変だった。

なにせ護送にはデイルがつき添うことになったのだ。そのために、リィラがデイルの仕事を肩代わりすることになり、仕事が忙しくなってしまった。

しかもあちこちのランバート公爵家の分家が、急に開拓を手伝う大工などを送ってきた。

『自分は潔白だ』と示したいのだろうけど、そのせいで仕事はさらに倍増。

ついでに入植者まで強引に送り込んできたものだから、リィラは一か月ほど仕事に忙殺されすぎて、記憶が曖昧になるほどだった。

「仕事が増えすぎたのは辛かったけど、開拓のためには良かったわね」

働き手が一気に増えたので、村の建物の建築も農地の整備も急速に進んだ。

何もかもが順調なのに、リィラにはまだ悩みが残っていた。

(セドリック様のこと、どうしよう……)

忙しかったせいで、セドリックの告白について何も答えを返せていなかった。

それなのに女公爵からは『冬前には、村長を決めて他の者に村を託して、次の町へ移動するように』という指示が来たらしい。

もうすぐ、セドリックが村を去ってしまう。なのに、リィラは未だに答えられずにいた。

その時、近くにいた村人が声を上げる。

「あ、セドリック様」

「え？」

いつの間にかうつむいていた顔を上げると、道の先にセドリックがいた。

まだ青い空の下、瑠璃色の服や黒のマントがはためいている。

なびく銀の髪の下の彼の青い瞳は、まっすぐにリィラを見つめていた。

村人たちに挨拶しつつ、セドリックがこちらに近づいて言った。

「少し、一緒に村の中を歩きませんか？」

「はい」

少し緊張しながらもリィラはセドリックと歩き始めた。

村長の館に続く大通りを横切ると、以前よりも人が多くてにぎやかだった。

「ええと、にぎやかになりましたね」

リィラが言うと、セドリックがうなずく。

「でも、もう少ししたら落ち着くでしょう。手伝いの人員がいなくなりますから」

大工などの助っ人たちは、移住希望者ではない。なので、計画していたものがおおよそ出来上がったところで家に帰る予定だ。

そして冬までにと思っていた貯蔵庫のみならず、鍛冶師の工房や井戸の再整備はもう完了していた。村を囲む柵が石積みの塀に変わったら、彼らの仕事は終わる。

後は村人たちが、暮らしながら整えていくことになっていた。

そこでリィラは思い出し「あ、でも」と言う。

「定住希望者が十人ほどいるので、それほど静かにはならないかもしれません」

「え、誰が移住してくるんですか？」

聞いたセドリックはびっくりしていた。

「大工と、その家族二組です。自分の家のあたりは近頃災害にあいやすいので、移住したいと要望してきたんです」

そしてつけ加える。

「カドレ子爵家の土地にお住まいの方だそうですよ。魔獣には関わっていなかったものの、当主は領地運営を放置気味らしいですね。治水に全く手をつけないため、毎年川が氾濫して住民が困っているそうです。一応、女公爵様にお知らせしてはいかがでしょうか」

話を聞いたセドリックが笑った。

「辺境にいながら、公爵家の内政にまで助力するなんて、ますますリィラ殿が祖母に好かれそうですね。先日来た手紙でも、『ぜひ会いたい。身分の回復が必要なら全て手配しましょう』と言ってきているんです。その方が、結婚もしやすいだろうと……」

リィラは驚いて、立ち止まりそうになった。

ランバート女公爵の力を使えば、爵位の回復はできるかもしれない。

なにせリィラの家を借金のかたに取り上げたルアート男爵は、取り潰されたからだ。

魔獣に関係していたことで、ルアート男爵一家は女公爵によって追放され、領地は公爵家が吸収した。だから女公爵がうなずけば、奪われた領地をリィラに戻してくれるだろう。

ただ、それでいいのだろうか？

リィラはセドリックを見上げる。

斜陽で橙に染まる銀の髪。長めの前髪が落ちる額や頬の線すら芸術的だと感じる容姿。

誠実で、全てをなくしてもリィラを望んでくれる、稀有な人だ。

この人の隣に、自分みたいな人間が立っていてもいいのか、リィラは自信がなかった。

だから忙しいのをいいことに、返事をせずに引き延ばしてしまっていたのだ。

……その時だった。

鍛冶屋から出てきた弟子の青年に、駆け寄っていくローズを見つける。

ローズは先日新しく来た鍛冶屋の青年に突撃していった。

「おにーちゃん結婚してー！」

「うわっ、また来た！」

困惑する鍛冶屋の青年。それもそうだろう。彼は十八歳でローズはまだ小さな女の子なのだ。

でもローズはめげない。

「結婚して！」

「できないって言っただろ！　お前まだ子供じゃないか」

「じゃあ十五歳になったら結婚して」

「その時になったら考えてやる」

明らかにあしらうための言葉だったが、ローズは全く気にしなかった。

「その時になったら諦めてくれるかしら？　私、みんなにおにいちゃんは私のものだからって宣伝してるから、この村でおにーちゃんと結婚してくれる女の人はいなくなると思うけど」

とんでもない計画を口にされて、鍛冶屋の青年がタジタジになる。

「え、宣伝って、おい……」

「小さな村で結婚相手を探すのは大変なのよ？　隣の町まで行く用事でもないと新しい出会いもないのよって、うちのお母さんが心配してたわ。だから私のものって知らせておくのよ」

どうやらローズは、将来のことを心配する母親の話を聞き、それなら好みの鍛冶屋の青年に予約をしておこうと思ったようだ。

「いや、だってお前ちっさいだろ。俺と十は離れてるから……」

「うちのお父さんとお母さんは十二歳差！」

鍛冶屋の青年はぐうの音も出なくなった。

立ち止まって聞いているわけにもいかないから、リィラとセドリックはその横を通過してしまい、顛末はわからなくなったが。

セドリックが笑い声をもらす。

「ローズは頭のいい子ですね。俺も真似してみようかな……」

「え、真似!?　一体何をする気です?」

「とりあえず公爵領内の者には、俺が結婚したい人はリィラ殿だ、と広めておきましょう。この村にいる間に、手伝いに来ている者たちにも徹底しておけば、帰った後でその話を広めてくれるはずですよ」

とんでもないセドリックの計画にリィラは慌てる。

「そんなことをしなくても!」

セドリックはふっと目を細めた。

「そこまでしておけば、待てると思うんです。リィラ殿が決心してくださるまで。もちろんリィラ殿の気持ちは、先日、嫌がらずに受け入れてもらえたことで、多少はわかっているつもりなのですが」

リィラはぐうの音も出ない。

キスを嫌がらなかったのだから、気持ちがバレていても当然だったから。

(正直、セドリック様のことは……好きだと思うけど)

リィラがまごついていると、セドリックが問いかけながら、手を握ってくる。

「できれば今日(きょう)、俺はあなたの『はい』が聞きたいんです。なにせ思ったよりも早く村の開拓が終わりそうですし、そうなれば俺はこの村を出ることになります。その時あなたには、次の赴任地にもついていきていただきたい」

説明を聞いているうちに、気づけばセドリックとリィラは、建物の間の小道に入っていた。

その先に見えるのは、村を囲む石積みの塀だ。

木の柵では不安だからと、人手があるうちに柵を全て石の塀に造り替えつつある。このあたりはもう完成しているのか、作業をしている人々の姿はない。

そんな石塀に、一歩ずつ近づいていく。

「そのために、はっきりとした答えを聞かせてください。好きだと言ってくれたら、何の憂いもなくあなたを次の赴任地に誘えます。だから……」

セドリックが足を止めた。

そしてすぐそばに迫っていた、リィラの肩まである塀に両手をつく。

足を止めたリィラは、両腕でその場に囲い込まれてしまってうろたえた。

いつだったかも、この体勢で迫られたことを思い出したのだ。

「どうかお返事をください。……あなたを取り巻く状況のことを忘れて、俺が好きかどうかだけ聞かせてくれればいいんです」

迫るように顔を近づけたセドリックの説得に、リィラが視線をさまよわせる。

緊張してよけいに何も言えなくなるリィラに、セドリックはさらに言った。

「言いにくいのなら、他の方法で聞いてもいいですか?」

他の方法って何!?

尋ねようにも予想ができず、ついセドリックを見つめてしまう。

するとと目元を覆われて、視界が暗くなった。

「ちょっ、セドリック様、これはなんですか⁉」

「たぶん、恥ずかしいから言いにくいのだろうと思います。女性はそういうものだと、あなたの保護者のバーサ殿が言っていました」

「え、あの、どうしてバーサさんが⁉」

そこでどうしてバーサの話が出てくるのか。

「俺はバーサ殿にご協力いただき、あなたの好き嫌いや、性格について改めて聞きました」

いつの間に協力してたの⁉　とリィラは思ったが、「そういえば」と思い出す。

この村に来てから、妙にバーサはセドリックとリィラを会わせようとしたり、セドリックの要望を聞いてドレスを着せようとしてきていた。

リィラが思い出している間にも、セドリックは続ける。

「それで、目を見て話すと、恥ずかしすぎて年頃の女の子は返事をしにくいらしいという話をうかがいまして」

まぁ、それはわかる。とリィラは思う。

「夜の月見や、祭りのかがり火を囲んでいる時の方が告白を受けてもらいやすいのは、暗いと隠しておきたい気持ちも言いやすいそうですね？」

その現象は理解できるけど、二つを合わせたのがこれ？　とリィラは困惑した。

「どうですか。好きと言ってくれますか？」

「……あの、その」

セドリックの意図した通り、確かにさっきよりは言いやすい気がするけど。本人に真正面から尋ねられた状態では、答えにくい。

すると、セドリックが予想外な話をし出した。

「ちなみに、遠くでバーサ殿が見守っているかもしれません。今日こそは答えを聞こうと思うと話をしたので。まぁ、俺は気にしませんが」

（うそおおおおお⁉）

心の中で叫びそうになりつつも、バーサならやりかねないともリィラは考えてしまう。

恋愛話が大好きなバーサのことだ。どこかからこっそりのぞいている可能性は高い。

（どど、どうにか見られないようにしないと！）

リィラは慌てた。さっきは周囲に人がいなかったし、今すぐ話を終えたら、誰にも見られずに済むかもしれない。

そう思って、急いで口にした。

「いえ、私は気にします！　気にしますよ！　あの、好きです！」

勢いにまかせて言えば、この状況から解放されると思ったのに。

唇にやわらかな感触が触れる。

セドリックの唇だとわかった。

何度も以前のキスを思い返してしまったせいで、忘れられなかったから。

「あの」

言葉を言おうとすると、また口づけられる。

「なんでですか？　普通は答えたら」

そこでやめると思うのに、と言う前に口をふさがれた。

「バーサさんがっ……」

「見ていないので大丈夫です。あと、嬉しすぎて抑えられなくなりました」

セドリックの返答に、リィラはもう一度触れる唇を受け入れてしまう。

慣れ始めた感触は、リィラの不安を溶かすようだ。

温かな吐息が吹き込まれて、自分の中にセドリックの存在を感じる。

そのままリィラは、ぬくもりの中で溶けていきそうな気持ちになってしまって。するとセドリックのキスを拒否できなくなってしまっていた。

そんなリィラの様子に、ようやく目を覆っていた手が離された。

セドリックはいたずらが成功したような顔をして、リィラをのぞき込んでくる。

「ありがとうございます、リィラ殿！」

そして突然リィラを抱き上げた。

「えっ、えっ⁉」

驚いたリィラだったが、さらに困惑することになる。

セドリックがリィラを抱えたまま道を歩き始めたからだ。

「ちょっ、セドリック様！　これじゃ人に見られます！」

しかしこの行動の理由が、とんでもなかった。

「言ったじゃないですか。周囲に広めるって」

「今からですか⁉」

「善は急げですよ！」

結局セドリックは下ろしてくれなかったし、広い道へ出て早々に道端でバーサたちと出会ってしまった。

「あらまぁ、そんな抱き上げるほど仲良くなったのかい」

バーサやレナたち村の女衆は、みんなでニヤニヤする。

ようやくセドリックが地面に下ろしてくれたけれど、リィラは恥ずかしさで、地面を掘って埋まってしまいたかった。

が……そんな騒ぎも、別の騒動にとって代わられる。

「あれ、あんな犬、うちの村にいたかい？」

最初に見つけたバーサが、不思議そうに指さした。

「犬はこの村に連れてきていない……んじゃ」

バーサと同じ方向を見たリィラは、少し離れた場所に、白灰色の子犬がいるのを見つける。

既視感がある……と思ったら、犬はまっすぐリィラに駆け寄り、胸元に飛び込んできた。

思わず抱きしめたリィラは、その特徴に気づいて声を上げた。

「え、まさかブライル？」

首元の少し長いフワフワの毛の一部が虹色（にじいろ）だ。こんな特徴、ブライルにしかない。

しかも、犬がうんうんとうなずいたのだ。

「まさか……どうやって小さくなったんだ？」

困惑するセドリックに、ふふんと鼻で笑う子犬。間違いない、このしぐさはブライルだ。

リィラも理由はわからなかったが……。

「あっ」

ふと思いついた。でもここでは言えない。

だから理由をつけてセドリックに急いで村長の館に戻ってもらう。そして二人と一匹だけになったセドリックの執務室の中で、リィラは心当たりを口にした。

「もしかしてなんですけど、アーロンがこぼした薬。あれに触れたからブライルに変化が起きた、という可能性はないでしょうか？」

「あの時の……？　大きくなった後に元に戻ったようでしたが」

「薬の影響で大きさを変えられるようになったような気がするんです。……ブライル」

リィラは腕に抱きしめていたブライルに聞く。

「あの薬の影響で、大きさを変えられるようになったの？」

ブライルは目を輝かせてうんうんうなずいた。

「体、大丈夫なのかしら……」

不安になるリィラだったが、セドリックは何かに気づいたようだ。

「ブライルはそもそも、あの薬に自分から近づいていました。もしかすると、この変化を自分でも望んでいたのではないでしょうか」

「わふっ」

ブライルが「そうだ」と言わんばかりに鳴いた。

「で、でもどうして？　小さくなる必要があったの？」

それについても、セドリックがやや同情したように言う。

「常にリィラ殿の側にいたかったのだと思います。でも元の大きさでは、村の中に入ると人に怯えられてしまいます。それでは側にいられないでしょうから」

ブライルはセドリックから視線をそらしつつ、しぶしぶと言ったようにうなずいた。

「そうだったの……」

そんなにもリィラに懐いていたとは思わなかった。

「犬を装えるような小ささなら、リィラ殿の側にいる許可がもらえると思ったのでしょう」

「そうなの？」

聞くと、ブライルはうなずいてきゅーんと鳴いた。

しかも一粒の涙をぽろっとこぼす。

胸が締めつけられたリィラは、思わずブライルをぎゅっと強く抱きしめた。

そしてたまらなくなって、セドリックに頼んでいた。

「あの、村にいる間だけでなく、これから先もブライルを連れて行ってもいいでしょうか？」

セドリックは苦笑いしながらもうなずいてくれた。

リィラは難しい頼みも受け入れてくれるセドリックに感謝すると同時に、この人が自分を好きになってくれて良かったと心から思った。

そんな感謝の気持ちがあふれたせいか、ふっと言葉が口からこぼれる。

「ありがとうございます……好きです」

最初、リィラは自分で言葉を口にしたと感じなかった。

気づいたのは、セドリックが驚いた表情をした後……照れたように微笑んだからだ。

「あっ」と思ったがもう遅い。

慌てていると、セドリックがその場にひざまずいた。

「リィラ殿、改めて言います。どうか俺と結婚してください」

セドリックの求婚に、リィラはどう答えるべきなのか悩む。

彼が自分を好きでいてくれるのはわかったし、その気持ちを信じてる。だけど自分がそれに値するのか、どうしても考えてしまうのだ。

悩んでいると、ブライルが腕の中から出ていって、地面に着地した。

リィラを見上げるその表情は、「一体何をそんなに悩むのか」という感じに見えた。

(好きか嫌いかだけで考えれば、迷う必要なんてないんだけど……)

どうしても、自分にまつわるしがらみのことを考えてしまう。

両親が借金を背負っていたり、ギャンブルにのめり込んでいた過去は消えない。そしてリィラが、貴族令嬢らしい育ち方をしていないことも。

でもそんなリィラの物思いを見透かすように、セドリックが言った。

「あなたは十分、公爵夫人の座にふさわしい人です」

「え……」

どうして考えていることがわかったのだろう。

驚きで目を丸くするリィラに、笑うセドリック。

「結婚の話をするたびに、リィラ殿は暗い顔をするのですから、俺にでさえ何を考えているのかわかりますよ。きっとまた、あなたはご自身が公爵家の夫人にはふさわしくないとか、あなたの価値を低く見積もっていらっしゃるのでしょう？　が……今回はそうはさせません」

彼の口角が上がる。

「なにせ、あなたが後ろ向きになってしまった理由は、ほぼ解消されたも同然です。没落したのも騙（だま）されてしまっただけで、莫大な借金などなかった。母親がメイドなのは、俺と同じなので、俺にとってはなんでもないことですよ？　何より、領地を切り盛りできる知識があるうえ、オオカミを前にしてもひるまない度胸を持つ人など、俺の祖母の他はリィラ殿ぐらいのものでしょう」

そこはうなずくしかない。ランバート女公爵並みに知識があるかどうかはさておき、オオカミの前に進み出る人はそういない、とリィラにもわかる。

なにせ普通の貴族令嬢は、か弱い方がいいとされているから。

「……俺の祖母のような女傑は、貴族令嬢の中ではあなただけだと思うのです。ということは、あなたに勝る貴族令嬢はいないのですよ」

「でも、貴族令嬢なら美しいとか、か弱いと言われたいはずです。女傑だと評価されたい人はいないでしょう。私は、普通ではないだけなんです」

ランバート女公爵をほめたたえても、同じになりたいかと言われたら、うなずく人は少ないはずだ。同じ舞台に上がってくれる人が他にいないなら、勝負にならない。

むしろ、か弱くないリィラの方が価値のない存在だと言われてしまうはずだ。

しかしセドリックの意見は違うらしい。

「それは好みの問題ですね。俺は女傑の方が素敵だと思いますから」

素敵、という言葉にリィラは顔が赤くなりそうだった。

そんなリィラを見て、セドリックは何かに気づいたようにハッとした。

そして立ち上がるとリィラの耳元に顔を近づけ、ささやく。

「俺は、あなたより最高に可愛(かわい)い人を俺は知りません」

「かわ、可愛い？」

「気づいておられなかったのですか？　リィラ殿はかなり可愛い人ですよ」

「そんなことは……」

リィラが自分はそれほどではないと言おうとするも、その前にセドリックが続ける。

「こんなにも可愛くて有能な人は、他にはいません。ですから、あなた以外に適任はいないのです。なにせ……場合によっては、魔獣をけしかけるような人間と一緒に戦わなければならないのです。そんなランバート公爵家には、か弱い令嬢より、あなたのような方が最適でしょう」

最後の理由に、リィラは「たしかに」と思わせられてしまった。

自分ぐらいに図太くないと、魔獣を見たら倒れてしまうかもしれない。

強い妻がほしいというのがセドリックの要望なら、リィラが最適だというのも納得できた。

セドリックはさらに理由を並べた。

「そうそう。オオカミに慕われる令嬢もあなただけですね」

「もう、それ以上はご容赦ください、セドリック様。おっしゃることはわかりますけれど、それ以上持ち上げられると恥ずかしいです」

「なぜですか？　妻になってほしい人をほめたたえないなんて、夫として失格だと習いました」

「どなたに習ったんですか？」

一体誰（だれ）に教えてもらったのだろうと、リィラは思わず聞いてしまう。

大貴族の令嬢を娶（めと）ることもある、公爵になる教育の一環だろうか？

しかしセドリックは笑顔で答えた。

「もちろん騎士だった養父ですよ。でも、実父も母のことを女神のように崇（あが）めていたと祖母から聞きました」

セドリックの父親になる人はみんな、女性はほめるべきだという考えの人らしい。

「そうなのですか。私、貴族の夫婦は冷たい関係が普通だと聞いていて……」

あれを聞いたのは、確か別の家に勤めていた経験があるメイドだっただろうか。

するとセドリックが「そういうことも多いそうですね」と応じてくれる。

「でも俺は普通ではない経緯で公爵になる予定ですから。その夫婦関係が普通ではなくともいいと思いませんか？」

そう聞かれて、リィラは笑ってしまう。

「おかしいですかね？」

セドリックが困惑した顔をするので、リィラは首を横に振る。

「いいえ。セドリック様らしいのではないかと思います」

「では、そういう相手に嫁ぐのは、嫌ですか？」

違う質問をされて、リィラはうっと返事に詰まる。

やっぱり自分の気持ちを口に出すのは、とっさのことでなければ難しい。

たぶん、不安だからだ。

その不安を解消できれば、言えるかもしれないと思って、彼に質問する。

「あの……後悔なさいませんか？　私はお荷物になるかもしれません。普通の貴族令嬢を娶った方が、きっと滞りなく進む事柄も多いでしょう。無用な壁にぶつかるかもしれません。その時に、セドリック様が後悔されないかと、それを心配しております」

結婚を決めた後で、リィラを選ばなければ良かったと思うかもしれない。

そう思われたら悲しいのだと、自分の気持ちを告げた。

しかしセドリックは言った。

「どうせ幼少期からままならない人生を歩んできたのです。あなたとの結婚だって、以前の平騎士の時でも壁はありました。それよりも、リィラ殿が後悔しないか心配です」

「私が後悔、ですか？」

思いがけない言葉にリィラはびっくりする。

「この村で、あなたは以前より生き生きとしているように見えて……。むしろ、村で暮らしたいから嫌だと言われたら、どうしようかと思っていました」

セドリックは本当に悩んでいたらしい。ちらりと視線を上げると、不安そうな表情が見えた。

この人も、私から嫌だと言われるのが怖かったのだと思うと、リィラは優しい気持ちになる。

と同時に、肩の荷が下りた気がした。

だからきちんと声に出せたのかもしれない。

「いいえ。村での生活は楽しかったですし、バーサさんたちと離れるのもさみしいですけれど……あ、あ、あなたの側にいたいと思います」

（い、言えた！）

リィラは自分がちゃんと返事ができたことにびっくりした。

思わず感激に浸ってしまったが、ややって、セドリックが固まっていることに気づいた。

十秒以上待っても何も言わないし、微動だにしない。

「あの、セドリック様。私、何か変なことを言いましたか？」

問いかけてから、リィラは不安になる。

（まさか、急に冷めたとか？）

どこまでも恋愛に関しては自信がもてないリィラは、ついついそんな風に思ってしまったのだけど、ややあってセドリックがふーっと息を吐いた。

そして彼は自分の口を手で覆う。

「リィラ殿から側にいたいと言われるだけで、心臓が飛び出しそうなほど嬉しくなってしまいました。うっかりリィラ殿を潰してしまいかねないほど全力で抱きしめてしまいそうで、自分を抑えるだけで精いっぱいになるなんて……自分でも驚いてしまって」

「そ、それは、こらえてくださってありがとうございます」

なにせ魔獣と戦えるほどの力量の持ち主だ。全力で抱きしめられたら骨が折れそうだ。

そういうことだったのかとわかって、リィラはほっとする。

「私がずっとお返事をしなかったから、信じられなかったんですよね。すみませんでした」

リィラが謝ると、セドリックが「いえいえ！」と首を横に振る。

「嬉しさのあまりのことなので、リィラ殿の行動のせいではありません。信じられないという気持ちはありましたが、それは奇跡が起きた！　と感じたからのことです。ですが……」

「どうかされましたか？」

聞き返されたセドリックは、言いにくそうにしながらも、おずおずとリィラに頼みごとをしてきた。

「その、現実だと確認したいので、誓いの口づけをしてもいいですか？」

さっき、遠慮なくキスをしてきていた人とは思えない口ぶりだ。でも改めてお願いされて、リィラも彼の緊張がうつってしまった。

「は、はい。その、夢だと思われては困りますから……」

「では……」

セドリックの指が、あごに触れる。

見上げると、彼はいつになくせつなげな表情をしていた。

セドリックに求められている、という実感がリィラの心にあふれる。

（私、本当にこの人との結婚を決めたんだ）

少しずつ近づいていくからこそ、感慨深い気がする。

心臓の音がうるさいほど耳に響くけど、恥ずかしさは少ない。

大事な誓いをするのだという意識が勝ったのか、それとも何度も慌てたりしすぎて慣れただけなのかわからないけど。

そうしてリィラは、セドリックと初めて真剣なキスをした、と感じた。

触れ合った瞬間に、とても大切な誓いを交わしたのだという気持ちになって、その感慨に浸るように目を閉じ続けた。

だからセドリックの足を、ブライルが前足でべしべしと叩いていたことには気づかなかった。

もちろん彼は、この雰囲気だけは壊すまいと、痛みを我慢してブライルを無視し続けたのだった。

その二か月後。

木枯らしが吹き始める頃に、ある地方の町の領主館に新しい領主がやってきた。

隣には、侍女だという桜色の髪の娘が一緒にいて、白灰色の犬を連れていた。

「あれが次期公爵様の未来の花嫁だって？」

そんなことを言いながら、館のある町の人々はこぞって引っ越してきた領主たちの様子を見にきたのだった。

あとがき

はじめましての方も、お久しぶりの方も、お読み頂きありがとうございます。

今回は苦労した令嬢が、家まで失った後に公子に求婚されるお話になります。

開拓ものにしよう！　と思って書き出した作品でしたが、リィラが淡白な女の子になってしまって、恋愛がフェードアウトしかけて焦りました。その反動か、セドリックは心の中で「結婚したい！」と悶えるひょうきんな人になりました。

そんな主人公をとっても可愛く、ヒーローをかっこよく描いてくださった鳥飼やすゆき様に感謝を。挿絵のブライルのお腹、とても触ってみたいぐらい素敵です！

最後に、この本を出版するにあたりご尽力頂きました編集様や校正様、印刷所の方々など、沢山の方の手を借りて出版させて頂けたことを有り難く感じております。

そして、この本を選んでくださった皆様に御礼を申し上げます。

佐槻　奏多

IRIS
ICHIJINSHA

ランバート公爵家の侍女はご領主様の補佐役です
没落令嬢は仕事の合間に求愛されています

2024年3月1日　初版発行

著　者■佐槻奏多

発行者■野内雅宏

発行所■株式会社一迅社
〒160-0022
東京都新宿区新宿3-1-13
京王新宿追分ビル5F
電話03-5312-7432（編集）
電話03-5312-6150（販売）

発売元：株式会社講談社
（講談社・一迅社）

印刷所・製本■大日本印刷株式会社

ＤＴＰ■株式会社三協美術

装　幀■今村奈緒美

ISBN978-4-7580-9618-8

この本を読んでのご意見
ご感想などをお寄せください。

おたよりの宛て先

〒160-0022
東京都新宿区新宿3-1-13
京王新宿追分ビル5F
株式会社一迅社　ノベル編集部
佐槻奏多 先生・鳥飼やすゆき 先生

IRIS ICHIJINSHA

第13回 New-Generation アイリス少女小説大賞

作品募集のお知らせ

一迅社文庫アイリスは、10代中心の少女に向けたエンターテイメント作品を募集します。ファンタジー、ラブロマンス、時代風小説、ミステリーなど、皆様からの新しい感性と意欲に溢れた作品をお待ちしています！

金賞　賞金100万円　＋受賞作刊行
銀賞　賞金20万円　＋受賞作刊行
銅賞　賞金5万円　＋担当編集付き

応募資格　年齢・性別・プロアマ不問。作品は未発表のものに限ります。

選考　プロの作家と一迅社アイリス編集部が作品を審査します。

応募規定　◉A4用紙タテ組の42字×34行の書式で、70枚以上115枚以内（400字詰原稿用紙換算で、250枚以上400枚以内）
◉応募の際には原稿用紙のほか、必ず ①作品タイトル ②作品ジャンル（ファンタジー、時代風小説など） ③作品テーマ ④郵便番号・住所 ⑤氏名 ⑥ペンネーム ⑦電話番号 ⑧年齢 ⑨職業（学年） ⑩作歴（投稿歴・受賞歴） ⑪メールアドレス（所持している方に限り） ⑫あらすじ（800文字程度）を明記した別紙を同封してください。
※あらすじは、登場人物や作品の内容がネタバレも含めて最後までわかるように書いてください。
※作品タイトル、氏名、ペンネームには、必ずふりがなを付けてください。

権利他　金賞・銀賞作品は一迅社より刊行します。その作品の出版権・上映権・映像権などの諸権利はすべて一迅社に帰属し、出版に際しては当社規定の印税、または原稿使用料をお支払いします。

締め切り　2024年8月31日（当日消印有効）

原稿送付宛先　〒160-0022　東京都新宿区新宿3-1-13　京王新宿追分ビル5F
株式会社一迅社 ノベル編集部「第13回New-Generationアイリス少女小説大賞」係

※応募原稿は返却致しません。必要な原稿データは必ずご自身でバックアップ・コピーを取ってからご応募ください。※他社との二重応募は不可とします。※選考に関する問い合わせ・質問には一切応じかねます。※受賞作品については、小社発行物・媒体にて発表致します。※応募の際に頂いた名前や住所などの個人情報は、この募集に関する用途以外では使用致しません。